CROSS NOVELS

王子さまの子を孕んでしまったので、嫌われ者公子は逃げることにしました

成瀬かの

NOVEL Kano Naruse

八千代ハル

ILLUST Haru Yachiyo

CROSS NOVELS

contents

王子さまの子を孕んでしまったので、嫌われ者公子は逃げることにしました

プロローグ

ふぇぇ……という弱々しい泣き声に、チェレスティーノは調理道具を洗う手を止めた。

「ニーノ？　どうしたの？」

前掛けで手を拭きながら、貝を連ねた間仕切りをしゃらしゃらと鳴らして潜ると、さっき寝かしつけたばかりの息子が泣いている。

ニーノ。天使のように可愛らしいチェレスティーノの宝物。

生まれてからまだ半年しか経っていないニーノは、手も足も怖くなるくらいちっちゃかった。まだ量が少なくふわふわとした髪はチェレスティーノと同じ黒だけれど瞳の色は金色で、希少な宝石のような光を放っている。

チェレスティーノは足を突っ張って暴れている赤子を抱き上げた。

「おむつは濡れていないんだ？　お乳はさっきあげたばかりだから、お腹が空いているってことはないだろうし……僕の王子さまは何が気に入らないのかな？」

簡素な服で身を包んだチェレスティーノもまたニーノの親だけあって素晴らしく美しい。絹のような艶のある黒髪が少しだけ蜂蜜を落としたミルク色の頬にふんわりと掛かっているし、ニーノと違って黒い瞳はどこか淋しげだ。

「困ったなあ。今日はエドムント船長が島に帰ってくる日なのに」

赤子を優しく揺すってやりながらチェレスティーノが見下ろした座卓には二人分の食器が用意されていた。土間兼台所ではシチューの鍋がふつふつと煮立っているけれど、手を着けられていない野菜や果物も一山ある。もう一品作る予定だったのだ。また寝てくれないかとあの手この手で赤子をあやしていると、鐘の音が聞こえてきた。港に船が入ったのだ。きっとエドムントのペトラーク号だ。

「うーん……。エドムント船長、港まで出迎えに行ったら昼食の支度が遅れても許してくれるかな？ あ、やっぱりお総菜買ってきちゃおっか。店長には手作りにしろって言われたけど、僕が作るよりその方が断然美味《おい》しいものね。僕の王子さまもお外に出ればご機嫌を直してくれるかなー？」

そっと日除けの陰から覗《のぞ》き見た空は青く澄み渡っていた。室内にいても充分あたたかいから、ひなたは汗ばむほどだろう。

チェレスティーノは怒っているニーノを下ろすと、臑《すね》まである外套《ローブ》を羽織り頭巾《フード》を目深に被った。強い陽射は濃い影を生む。こうすれば顔が陰に隠れてすれ違ったくらいでは誰かわからない。満足したチェレスティーノは再びニーノを抱き上げ小屋を出る。

港へと続く通りは大勢の人が行き交っていた。

ここ、イヴァナ王国の首都、アル＝イヴァナ島はチェレスティーノが生まれ育ったサヴェッリ王国より大分南に位置する。現在は各国を結ぶ海の要衝《ようしょう》として繁栄しているが、元々は海賊が巣くう島で、その子孫であるイヴァナの民は血の気が多い反面、気っ風《きっぷ》がよくて情に厚い。

ここで暮らし始めてまだ一年に満たないけれど、チェレスティーノはこの島とこの島の住民が大好きになっていた。皆、ふらっと現れたチェレスティーノにとてもよくしてくれたからだ。

「ほら見て、ペトラーク号だよ、ニーノ！」

「えうー」

堤防の上に抜けると、海鳥が群れ飛ぶ真っ青な空の下に大型船が一艘《いっそう》停泊しているのが見えた。

イヴァナ王国はどこまでも続く大海のただ中に浮かぶ群島から成る小国だ。島々の間には浅瀬も多く、中央のアル＝イヴァナ島に辿《たど》り着けるのはイヴァナ人が操る船だけだといわれている。イヴァナ人でもあれだけ大きな船を港まで導ける者は滅多にいない。つまりエドムントは特別に腕がいいのだ。

船長の姿がないかと、チェレスティーノは目を細め甲板《かんぱん》を見つめる。下船の準備のため、走り回る船員たちは皆、陽に焼けて真っ黒だ。船縁に群れて島の景色を眺めている白いのは客に違いない。今回はやけに大きくてきらびやかなのがいるなあと何気なく目を細め、チェレスティーノは息を呑んだ。

――似ている。

腰に剣を佩《は》いた大柄な男たちはサヴェッリの近衛騎士のように見えた。そして騎士たちに囲まれ長い金茶の髪を風に遊ばせているあの貴公子は……。

――まさか、殿下――？

足から力が抜けてゆく。あの人がこんなところにいるわけない、いたとしてもこんなに深く頭巾を被っているのだ、自分がここにいることに気づくわけなんかないと思ったけれども、貴公子の目が金色に光ったような気がして。

チェレスティーノは外套を翻《ひるがえ》す。

この島で得た何もかもが失われてしまう。そんな予感に追い立てられるまま。

第一章　祝宴の夜

それがいつ始まったのか、一体何を言祝《ことほ》ぐための宴《うたげ》なのかについては、忘れ去られて久しい。

だが今でも『祝宴』と呼ばれるその夜、人々は思い思いに仮装をし、街に繰り出す。

子供たちは色とりどりの鳥の羽根を縫いつけたケープや耳つきの頭巾《フード》、長いしっぽを縫いつけたズボンで悪い子にしているとやってくる悪戯《いたずら》妖精を模し、大人たちは闇を統《す》べるという魔物の仮面をつけて。

サヴェッリ王国の王都にある王立学園の生徒たちも『祝宴』を楽しむ。ただし王族や貴族、そしてごく少数の平民特待生のアルファだけが寮生活を送る――オメガや女性には高度な教育など必要ないのでいない――王立学園は厳重に隔離されており外出するにも一々許可を取らねばならないので、庶民のように街を練り歩くことはできない。代わりに彼らはパーティーを開く。制服を脱ぎ捨て、派手な趣向の衣装を身に纏《まと》い、普段は許されない馬鹿騒ぎに興じるのだ。

＋　＋　＋

「んう……？」

気がつくと、チェレスティーノは素晴らしく膚触《はだざわ》りのいい毛布にくるまれていた。どうやら眠っていたらしい。

目を閉じたまま、んんっと咳払《せきばら》いしてみる。声がいつもより高い。風邪でも引いたのだろうか。熱を測ってみようかと思いながら布を掻《か》き分けて顔を出し……チェレスティーノは首を捻《ひね》った。

「ここ……どこ……？」

天井がやけに高い。王立学園の寮にある自分の部屋の三倍はある。広さはもっとあるだろう。壁紙は一見同じに見えたけれど、引き伸ばしたかのように大柄になっている。

こしこし、こしこし。

目を擦《こす》ってみたけれど、景色は変わらない。それどころか、目を擦っている拳もおかしいのにチェレスティーノは気づいてしまった。

「あええ？」

チェレスティーノの手は黒い天鵞絨《ビロード》のような毛で覆われ、先っぽには誰をも傷つけられないよう丁寧にヤスリを掛けられた爪《つめ》が、内側には肉球がついていた。動物のぬいぐるみの手みたいだと思ったチェレスティーノは視線を巡らせ、ぶるっと躯を震わせる。巨大なベッドを部屋の奥に見つけてしまったからだ。チェレスティーノが寝ていたのはベッドではなく、幼児を寝かせるような籐の籠だった。

あえええええ？

籠から出ようとしてぽてんと床に転げ落ちてしまい、チェレスティーノは呆然《ぼうぜん》とする。確かにチェレスティーノの運動神経は壊滅的だったけれど、籠の縁《ふち》も跨《また》げないほどではなかったのに！

「えうー」

涙目になって起き上がったチェレスティーノは姿見を見つけ、ぽてぽて歩き始める。何がどうなっているか確かめなければいけないと思ったのだけれど、いざ鏡を覗き込んでみたら、頭の中が真っ白になった。

「こえ……ちー……？」

鏡の向こうには猫のような動物のぬいぐるみと人間の幼な子を合体させたような生き物がいた。身長に対して大きな頭には黒い猫耳が、尻にはふさふさのしっぽが生えている。纏っているのは王立学園の制服らしい。

チェレスティーノは鏡面に肉球を押し当て、まじまじと見つめる。この奇妙な生き物には見覚えがあった。――チェレスティーノが授業で作った魔法人形《バンボラアウトマティカ》だ。

魔法人形は魔力を練って作るので、目的に応じてどんな形状にもできるし、何度でも作り直せる。魂《たましい》がないからどんな危険な命令も忠実に遂行するし、創造主の言うことしか聞かない。好みの女性の姿に作り上げて身の回りの世話をさせてよし、危険が伴う魔法研究の助手にしてよしの、とても便利な魔法道具だ。

チェレスティーノは魔法人形生成の授業を楽しみにしており、どんな形にするのかまで決めていた。灰色狼《フェンリル》である。

弟たちにねだられたのだ。灰色狼を作って、背中に乗せて欲しいと。

狼《おおかみ》は格好いいし、もふもふしているから触り心地もよさそうだ。長期休暇に連れて帰れば、弟たちのいい遊び相手になると思っていたのだけれど。実際にできあがったのはこれで、チェレスティーノが浴びたのは賞賛ではなく失笑だった。だから授業が終わるなり捨ててしまったのだけれど。

「なのに、どおして……？　どおしてちー、『ばんぼーおーとまてか』になってる……？」

鏡の中からこちらを見つめる魔法人形の目から涙がぽろりと零《こぼ》れ落ちる。

おまけに泣いてしまうなんて！

チェレスティーノは幼な子ではない。皆にはむしろ傲岸不遜な奴だと思われており、泣くような可愛げなどなかったはずなのに、どう考えてもおかしい。

途方に暮れたチェレスティーノがえぐえぐ泣いていると、足音が聞こえた。

誰か来る。

大急ぎで最初に寝ていた籠に戻り毛布を頭から被る。どきどきしながら毛布の隙間《すきま》から部屋に入ってきた人物を覗き、チェレスティーノはただでさえふさふさのしっぽをぼんっと膨《ふく》らませた。部屋に入ってきたのは、このサヴェッツリ王国の第二王子、アルフォンソだったのだ。

ふわ……？　んと、んと、もしかして、ここ、おーじしゃまのおへや？　ちー、どおしておーじしゃまのおへやにいる……？

ちなみにチェレスティーノはアルフォンソが苦手だ。

アルフォンソは、ねじくれた片角が生えた仮面で顔の半面を隠していた。纏っている古めかしいデザインの外套はぼろぼろに見えるよう加工してあるし、シャツの心臓部の上には赤い宝石が縫いつけられている。

物語に出てくる悪魔みたいだと思ったところでチェレスティーノは気がついた。

音楽が聞こえる。王立学園でこんな品のない音楽を奏でることが許される日といえば。

しゅくえんのよるだ……。

祝宴の夜は好きだ。仮装をすれば、チェレスティーノはチェレスティーノでなくなる。普段は気難しく人を寄せつけない公爵家嫡男《ちゃくなん》が遊び騒いでも誰も気がつかない。だから今年も参加する心づもりでいたはずだけれど。

ちー、ことし、どんなおめかし、した……?

思い出そうとしてチェレスティーノはぶるっと躯を震わせた。

何も思い出せなかったのだ。

アルフォンソは後ろ手に閉めた扉に寄りかかり物憂《ものう》げに美しい金茶の髪を掻き上げると、外套を毟《むし》るようにして脱ぎ始めた。仮面も外して床へと捨てる。季節は春、暑くもなく寒くもないちょうどいい陽気だというのにアルフォンソは汗だくで、背中の半ばまである長い金茶の髪が膚に張りついていた。いつもきちんとした格好をしているのに、珍しくシャツの胸元ははだけ裾《すそ》もズボンから半分はみ出している。

アルフォンソが部屋を横切りながらシャツを脱ぎ捨てると健康的に灼《や》けた膚色が露《あら》わになり、チェレスティーノは慌《あわ》てて手で目を押さえた。

——ふわあ！

アルフォンソの肉体は同い年とは思えないほど成熟しており美しかった。

妬《ねた》ましいほどの長躯に、しなやかな四肢《しし》。成績は常に主席。座学は毎回ほぼ満点だし、実技の授業ではまだ学生とは思えないほど冴《さ》え渡った剣技を見せる。顔立ちだって凜々《りり》しく整っているし、王族

特有の金眼の美しさときたら神々しいほどだ。

普通だったら気後《きおく》れしてしまうところだけど、物腰やわらかく、いつも穏やかな笑みを浮かべているアルフォンソには友達が大勢いた。――チェレスティーノと違って。

あえ？　でも……。

チェレスティーノは指の隙間からこっそりアルフォンソを盗み見た。腹立たしいことでもあったのか、アルフォンソの唇《くちびる》はきつく引き結ばれていた。膚に張りつくシャツに苛立《いらだ》ち乱暴に引き剝《は》がす仕草に心臓がきゅっとなる。

……おーじしゃま、ごきげんななめだあ……。

きっとクラスメートたちだって見たことない。誰も知らないアルフォンソの顔を知ってしまったチェレスティーノは初めて少し顔を緩ませた。

くふん。べつに、こんなことしったくらいでうれしいだなんておもわないけど！

換気のため窓を開けると、アルフォンソは浴室に入っていった。水音が聞こえ始めたので、チェレスティーノは毛布の下から頭を出してふんふん鼻を鳴らす。変なにおいがしたけれど、カーテンが揺れているからきっとすぐ夜風が消してくれることだろう。部屋を出るなら今のうちだ。

でも、籠から出るより早く複数の足音が聞こえてきてノックの音が部屋に響き渡り、チェレスティーノは急いで毛布を被った。

「殿下、いらっしゃいますか？」

水音が止まる。髪を拭きながら出てきたアルフォンソが扉に歩み寄り掌《てのひら》を押し当てると、扉の表面に金色の光を放つ魔方陣が浮かび上がった。扉は王子の身を守るための特別な魔法具だったらしい。

問題のない相手だと確認できたのか、王子はすぐ魔方陣を消し、扉を開く。

「いるよ。どうしたのかな？」

「ああ、よかった。姿が見えないのでいささか心配いたしました。もう仮装は終わりですか？」

廊下には三人の取り巻き《側近候補》たちがいた。それぞれアルフォンソの外套と意匠の似た赤、青、黄のケープを羽織っている。王子《魔物》の眷属のつもりだろうか。

中でも体格のいい取り巻きがしたり顔で口を開く。

「殿下。我らは護衛も兼ねているのです。学内と言えど、一人で行動するのはお控えください。特に今宵《こよい》は祝宴の夜、顔を隠している者が多い。よからぬことを企む者が紛れているかもしれません」

随分と偉そうだと思ったけれど、アルフォンソは気を悪くすることなく穏やかに微笑《ほほえ》んだ。

「気をつけよう」

チェレスティーノは感心する。シアーノ公爵家が支持する第一王子、オズヴァルドが相手だったらこうはいかない。きっとぶち切れてとんでもない騒ぎに発展している。

「それからチェレスティーノですが、やっぱり学内にはいないようです」

いきなり自分の名前が出てきたことに驚き、チェレスティーノはしっぽの先をひくつかせた。

約束でもしていたのだろうか。思い出そうとしてみたけれど、やっぱり何も出てこない。

「そう。祝宴の夜を一緒に楽しめたらと思っていたけど、いないんじゃ仕方ないね」

「殿下の求めを無視するなんて何を考えているのでしょう。最近のチェレスティーノの行動は目に余ります。きっと殿下が甘い顔をするから図に乗っているんです」

「知っていますか？　あの男、食堂の使用人を自分の侍従であるかのようにこき使っているらしいですよ。公爵家嫡男相手じゃ誰も文句を言えないからって横暴すぎます。殿下、一度チェレスティーノに目に物見せてやるべきではありませんか？」

「クラスで何かやる時も協力した試しがないそうです。協調性がないにも程があると、同じクラスの奴がぼやいていました。殿下、どうか一言我らに命じてください。そうすれば我らが王立学園生徒のあり方というものを教えてやります」

チェレスティーノは鼻に皺《しわ》を寄せた。現在のチェレスティーノの頭は明晰《めいせき》とはとてもいえないけれど、ここまで言われたらわかる。自分は彼らに嫌われていたらしい。

……べつにいーもん……。ちーだって、こしぎんちゃくたち、きらいだもん……。

彼らにどう思われようが痛くも痒くもない。ないけれど。チェレスティーノはもそもそと毛布に顔を埋めるとぐすっと鼻を鳴らした。

祝宴のパーティーはまだまだ続いているらしい。どこか遠くで笑い声が弾けたところで、アルフォンソの声が聞こえた。

「チェレスティーノはあれでいいんだ」

チェレスティーノははっとして顔を上げる。

「しかし」

「そもそも君たちが怒ることはないだろう？　チェレスティーノは単なる同級生。君たちは保護者でも何でもないんだから」

アルフォンソの声はごくやわらかく、優しい。でも、チェレスティーノはふるっと身震いした。

「同級生だからですよ。いくら学内では平等と言えど、秩序というものがあります。もしチェレスティーノに感化され馬鹿な振る舞いをする者が増えたら――」

「秩序を守るつもりがあるなら私の言うことを聞いてくれないかな。私は君たちが言うことを聞くべき相手なんだろう？　君たちに、彼の行動に干渉する権利は、ない」

一言一言区切ってはっきり言い渡すと、アルフォンソは再び髪を拭い始める。

「ああでも、居場所がわかったら知らせて欲しいな。彼は甘いものが好きだから、用意した茶菓子を渡したい」

「どうしてチェレスティーノを放っておくのですか！　あれはこの国の公爵家嫡男なんですよ！　他に範《はん》を示すべき存在なのに」

王子が金の目を細め、完璧な形をした唇を弓なりにたわめた。思わず見入ってしまうほど美しいアルフォンソの笑みに、取り巻きたちも目を奪われていたようだったけれど。

ばたん。

いきなり扉が閉まり、え、と思った時には、鍵が掛け直されていた。

一瞬の静寂の後、お、王子？　何か気に障ることを僕は言いましたか、と騒ぐ声が聞こえたけれど、アルフォンソは意に介さない。髪を拭いながら部屋を横切って窓を閉め、すっかり濡れてしまったタオルをランドリーボックスに入れる。それからチェレスティーノの方へと向き直った。

「……？　…………!?」

チェレスティーノが寝たふりをしたのと同時に毛布が剝ぎ取られる。

「ただいま、子猫ちゃん。悪かったね、不愉快な話を聞かせて。私も気分が悪かったよ。身分以外何の取り柄もないくせに、彼らは君のご主人さまに嫉妬しているんだ。才に溢《あふ》れている上に己が道を往くことを躊躇《ためら》わないから」

次いでアルフォンソはチェレスティーノを抱き上げて頰擦《ほおず》りした。

「もっとも、君のご主人さまはもうちょっと私に敬意を払ってくれてもいいと思うけどね。王子の誘いを平気で断る豪胆さも君のご主人さまの魅力ではあるけれど」

アルフォンソが何か言っている。でももうチェレスティーノの耳には入らなかった。

──な、な、なんで……？　なんで、ちー、おーじしゃまに、ぎゅっ、さえてゆの……？

ひとしきり喋《しゃべ》って満足すると、アルフォンソはあろうことかチェレスティーノの腹に顔を埋めた。

すわれてる……？

涙目になってぷるぷる震えていると、王子はベッドへ移動し、チェレスティーノを二つある枕の一つにもたれるように座らせた。

まさか。

皆に慕われている王子さまがそんなことをするわけない。考えすぎだと思ったけれど、寝支度を済ませたアルフォンソはベッドに横たわり灯りを落とすと、チェレスティーノを引き寄せて完璧な稜線を描く鼻を首筋に埋めた。

片時たりともぬいぐるみを手放せない幼い子供のように抱いて寝る気なのだと知り、チェレスティーノは死んだ目になった。どんなに麗《うるわ》しい王子さまでも、これはない。

いたたまれなかったけれど、動くわけにはいかなかった。もし魔法人形の中身がチェレスティーノで、ぎゅーもふすふすも見ていたことがバレたら、きっとチェレスティーノは抹殺される。もしチェレスティーノがアルフォンソだったらそうするからだ。

魔法実技の授業でアルフォンソがえげつない攻撃魔法を炸裂《さくれつ》させていたことを思い出したチェレスティーノは頬の内側を噛んで耐える。

だ、だいじょーぶ。おーじしゃま、ねたらきっと、うで、ゆりゅむ。そしたらばいばい、しゅればいい。それまでねたふりでがまん……がまん……。

チェレスティーノは眠らず時を待つつもりだったのだけれども。

ねたふり……ねたふり……ねむいけど、ねたふり…………すぅ。

気がついたらちっちゃな躯を丸めて寝入ってしまっていた。

+ + +

学舎の廊下や食堂のテラス、図書館で見掛けるアルフォンソはいつも大勢の人に囲まれていた。彼らの相手をするだけでお腹いっぱいだろうに、この人当たりのいい王子は必ずチェレスティーノにも声を掛けてくれる。

チェレスティーノ、東方の珍しいお茶が手に入ったんだ。一緒にどうだい。

この間の試験、全問正答者はチェレスティーノだけだったんだって？　よかったら私にも解の導き方を教えてくれないか？

聞いたかい、チェレスティーノ。南の薔薇園《ばらえん》が盛りを迎えたそうだ。一緒に見に行かないか？　たまにはいいだろう？　君と話をしたいんだ……。

チェレスティーノの返事はいつも同じ。ありがとうございますお気遣い畏《おそ》れ入りますす結構です申し訳ありませんが本日は先約がありまして。つまり、『お断り』だ。

チェレスティーノはアルフォンソが嫌いだった。アルフォンソのせいではない。いや、やっぱりアルフォンソのせいなのかも。全部、アルフォンソのできがあんまりよすぎるせいなのだし。

王立学園に入る前、チェレスティーノは父であるサビーノ・シアーノ公爵に言われた。チェレスティーノ、オズヴァルド殿下はおまえに、アルフォンソ殿下以上の成績を収めることを望まれておると。

オズヴァルドはサヴェッリ王国の第一王子で、チェレスティーノやアルフォンソより一学年上に在籍している。現在この国には十二人の王子がいるけれど、オズヴァルトとアルフォンソのどちらかが王太子になるだろうと目されており、貴族たちも第一王子派と第二王子派に割れていた。シアーノ公爵家が支持しているのは第一王子だ。

チェレスティーノは父公爵の言いつけを守るべく勉強した。勉強は好きだったし、入学を目前に控えて側近の座を巡る争いが熾烈になってきた第一王子派の子弟交流会を欠席する口実にもなる。家庭教師にはチェレスティーノ公子は優秀だから勉強などしなくても落ち着いて問題を解くことができれば大丈夫と言われたけれど、チェレスティーノは入念に準備をし、入試に臨《のぞ》んだ。努力の甲斐《かい》あって満点を取れたと思ったのに、蓋《ふた》を開けてみれば入試で主席を取り入学式の新入生挨拶《あいさつ》役を務めたのはアルフォンソだった。誤字による減点があったのだ。それでも充分優秀な成績だと思うのだけれども、入学式の後、チェレスティーノが父から賜《たまわ》ったのは祝いの言葉ではなく叱責《しっせき》だった。

——この私に恥をかかせおって。

父公爵にとっては、オズヴァルド王子の要求に応えられるかどうかがすべてで、何点取れたところで意味などなかったのだろう。

チェレスティーノは王立学園に入学すると、図書館に通い詰めた。負けたままでは気が済まない、次は必ず主席を取ってやると、食堂で食事を取る時も分厚い本を広げ、教師が通りかかれば捕まえて質問責めにする。おかげで教師たちには可愛がられたけれど、誰が遊びに誘ってもつきあおうとせず、話し掛ければ露骨に煩《うるさ》そうな顔をして一刻も早く話を切り上げようとするチェレスティーノはクラスメートたちにお高くとまっていると思われた。

哀しいことにそれだけしても主席はアルフォンソで、チェレスティーノは次席だった。

ほとんどすべての時間を勉強に費やしている自分と違って学園生活を満喫しているように見えるのになぜと思わないでもなかったけれど、多分アルフォンソにはチェレスティーノが必死になってようやく習得できている勉強も実技も息をするように容易《たやす》くこなせてしまう程度のもので、『どうってことない』のだ。

——別に公爵家に取り入りたいだけの連中と遊びたくなんかないし、どうでもいいけど。

公爵家嫡男であるチェレスティーノにおもねるよう家で言い含められているのだろう。最初のうちはしつこく話し掛けてくる者が随分といたけれど、邪険にしているうちに話し掛けてこなくなった。アルフォンソだけが変わらない。チェレスティーノに会えばやわらかな笑顔を浮かべて誘いの言葉を吐く。何度冷たくあしらっても、決してめげない。

何と迷惑な男だろうとチェレスティーノは苛立ちを募らせていたのだけれど。

＋　＋　＋

ぷにぷに。ぷにぷに。

誰かが頬に触れている。

「おはよう、私の小さな天使」

おまけにちゅっと頭の天辺にキスされて、チェレスティーノは目を開けそうになった。

――だめ。おめめぱちんしたら、ふつーの『ばんぼーおーとま』じゃないってわかっちゃう。

薄目を開けて見る。外はまだ暗い。一体何だってこんな早くにと思っていると、アルフォンソがベッドを出て夜着を脱ぎ捨てた。昨日も思ったけれど、見事な躯だ。動くたびに綺麗についた筋肉が形を変え、彫像のような陰影を落としている。

ただの魔法人形だと思われているのをいいことにまじまじと眺めていたチェレスティーノは、アルフォンソが振り返る気配に急いで目を瞑った。足音が近づいてきてもう一度キスされた上にふすんと腹を吸われる。

「ちょっと躯を動かしてくる。子猫ちゃんはまだ寝ているといい」

王子が出てゆくと、チェレスティーノはベッドから飛び降りた。

好機だ。王子がいない間に、部屋に帰ろう。

でも、扉まで行ったところでドアノブに手が届かないのに気がつく。どうやったら扉を開けられるだろう。

「……しょーだ、まど……」

アルフォンソの部屋は最上階の五階だけど、チェレスティーノの現在の肉体は魔法人形だ。多少の損壊なら魔力で修復できる。

下から見上げた時はとんでもない高みにあるように感じられた腰高窓は、カーテンに爪を立てたら案外簡単によじ登れた。

ほうと息を吐いて外へと目を遣って、人影を見つけたチェレスティーノはぺたっと窓ガラスに張りつく。

「おーじしゃまだ」

アルフォンソが広大な学園の敷地を囲む壁沿いを走っていた。一周し終わると次は素振りが始まり、チェレスティーノははっとする。

努力なんかしなくても何でも軽々できる人なんだろうと思っていたけれど、もしかしたらあれは毎朝の鍛錬の結果だったのだろうか。

チェレスティーノはふるふるっと首を振る。ううん、今日はたまたま早く目が覚めたから鍛錬することにしただけかもしれない。本当は毎朝チェレスティーノみたいにぎりぎりまで寝ているのかも。

それより部屋に帰ることを考えないと……！

思い切って、えいと窓を叩《たた》いてみる。窓硝子《ガラス》は割れるどころかひびも入らなかった。次は蹴ってみたけれどやっぱり駄目。自棄《やけ》になって額《ひたい》をごんっと打ちつけても結果は変わらない。

「えうー」

ずきずき痛む額を涙目で押さえたチェレスティーノは素手で駄目なら道具を使うまでと、机の上にあった銀のペーパーウェイトを取りに行った。叩きつけてみたけれど、やっぱり割れない。扉みたいに何か魔法が掛かっているのかもしれない。それなら隠蔽《いんぺい》されている術式を解析して魔法を解除すればいい。幸い、魔法学は得意だ。ふんすふんすと鼻息も荒く作業に取りかかったチェレスティーノはすぐ絶望することになった。魔法人形のちっぽけな頭脳で咀嚼《そしゃく》できないことはわからないことになってしまうらしい。術式が理解できない。むぎぎと拳を握り締めたところで王子が戻ってきてしまい、チェレスティーノは急いでベッドに戻って寝たふりをした。

王子が汗を流すため浴室に入っていき、ほっとしたのも束の間、ノックの音が響く。

「おはようございます。失礼いたします」

アルフォンソの許可もないのに扉が開き、二人の護衛騎士を連れた男が入ってきた。胡桃色《くるみいろ》の髪を顎《あご》のラインで切り揃《そろ》え眼鏡を掛けたこの男は確か宰相の次男だ。文官であることを示すローブを羽織っているところを見ると、公務で来たのだろうか。持ってきた状箱から出した書類を机の上に並べ始めたところで、完璧に身なりを整えたアルフォンソがバスルームから出てきた。

「おはよう、レナート」

最後に状箱の底から取り出された小ぶりのバスケットが、席に着いたアルフォンソの前に置かれる。

「おはようございます、アルフォンソ殿下。朝食はディーラ鶏でございます」

「ありがとう。これは昨日頼んだ資料かな？」

「はい。殿下が管理を任されている孤児院の経理に関する書類一式に寄付金の一覧です」

「やはりこの孤児院だけ数字がおかしいな」

アルフォンソは書類に目を通しながらバスケットから取り出した紙包みを開いた。

チェレスティーノの鼻がひくつき始める。中には薄く焼いた生地で具材をくるんだものが入っていた。手を汚さず食べられる朝食を腹に詰め込みながら手早く執務をこなしたアルフォンソは、始業時間になり書類を元通り状箱に納めたレナートが王宮に帰ってゆくと、チェレスティーノを籠の中に移して毛布で覆い、部屋を出ていった。

一人になるとチェレスティーノはぷはーっと息を吐いた。アルフォンソが学生なのに公務に携わっていたなんてちょっと衝撃だった。

「べ、べつにかんしんなんかしてないけどっ」

オズヴァルドも公務をしているのだろうか。……していないだろうなと思いつつ籠から出て室内を見回したチェレスティーノは、ドアノブに届かないなら踏み台を使えばいいと思いつき、机の前に置かれていた唯一の椅子を扉の前まで移動させようと頑張り始めた。でも、小さな躯は非力だった。持ち上げることはおろか、絨毯《じゅうたん》の上を引きずってゆくことすらできない。他に何か踏み台にできるものはと探してみたけれど、本しか見つからなかった。でも、本は知識の泉、踏みつけるなどとんでもない。

「うぐう……」

苦悩していると、授業が終わったアルフォンソが取り巻きたちと共に帰ってきた。また自分の悪口を聞かされるのだろうかと憂鬱《ゆううつ》になったけれど、部屋に入ってきたのはアルフォンソだけだった。放課後をずっと一緒に過ごしているのだろうと思っていた取り巻きたちは、実は部屋の中にも入れてもらえていないらしい。一人になったアルフォンソが予定を確認する。

「今日は三時から改築が終わった教会を訪問、そのまま王宮に行って夜会に出席してから帰寮か」

チェレスティーノは唖然《あぜん》とした。

おーじしゃま、まだおしごとしゅるの……？

迎えが来るまでの時間を惜しみ机に向かって勉強するアルフォンソの背中を眺め、チェレスティーノはきゅっと下唇に力を入れる。

＋　＋　＋

一週間が経つ頃には、チェレスティーノも認めざるをえなかった。アルフォンソは努力の人なのだと。『たまたま一日だけ』などでは全然ない。アルフォンソは毎朝夜明け前に起きると外に出て鍛錬をする。汗を流した後は朝食を食べながらレナートと公務。放課後は王宮から呼び出されたり、学友たちとの交流に充《あ》てたりすることが多いけれど、そうでなければ机に向かって勉強をしている。

学生に朝から公務をさせるなんてやりすぎではと思っていたら、これはアルフォンソ自ら、まだ学生の身ではあるができることがあるならやらせて欲しいと申し出て始めたらしい。

チェレスティーノは枕にむぎゅっと顔を擦りつける。

完敗だ。知らなかったとはいえあれしきの努力で勝つつもりでいた自分が恥ずかしい。でもチェレスティーノに降参する気はない。帰ったらもっともっと頑張るつもりでいる。

——しょのためにも、ちー、おへやにかえんなきゃなのに……。

チェレスティーノはいまだアルフォンソの部屋から脱出できていなかった。

昨夜もぐっすり寝てしまい、うっかりアルフォンソを蹴ってしまっていたことを思い出したチェレスティーノはぶるっと震える。アルフォンソが鉄板のような腹筋を育てていなかったら、昨夜で終わりだった。今日こそは絶対にこの部屋から脱出しなければならない。

毛布の下で己を鼓舞している間に仕事が終わったのだろう。レナートが書類を片づけ始めた。授業で使うテキストを手に部屋を出ようとしてアルフォンソが思い出したようにレナートを振り返る。

「レナート、明日までにチェレスティーノ・シアーノがどうしているか、確認しておいてくれないか」

「なぜわざわざ？　彼もこの寮に入っているはずでは？」

「そうなんだが、ここ一週間、姿が見えないんだ。多分また熱でも出して寝込んでいるんだろうけれど、何だか心配だ。頼む」

納得したレナートが恭《うやうや》しく一礼する。

「かしこまりました。学院長に聞いておきます」

二人が部屋を出ていくと、チェレスティーノはむくりと起き上がった。

チェレスティーノの魂はここにある。姿が見えないのはむしろ当然だけれども。

ちーのからだ、いったいどーゆーことになってんのかなあ……。

それも部屋に戻ればわかることである。チェレスティーノは毛布を押しのけ床へと降りると、まずしっぽをふりふりバスルームへと向かった。ここのドアノブには保存魔法が掛けられた花輪が掛かっており、ぴょんとジャンプしてブランコのように揺れる白詰草《しろつめくさ》の花輪に摑まり躯を引き上げれば簡単にドアノブに手が届く。両手の肉球でしっかりドアノブを挟み込んで回しつつ壁を蹴ればラッチが外れて扉が開いた。

中に入ったチェレスティーノはバスタブに浅く湯を溜め、いいにおいのするバスオイルをふんだんに落として湯浴みを始める。脱出はもちろん急務だけれど、朝目覚めたら一番に風呂に入るのがチェレスティーノの日課なのだ。

さっぱりすると棚に積まれているリネン類を失敬して丁寧に耳としっぽの水滴を拭う。決まった場所に置いておけば下働きの者が持っていって洗濯してくれるので、アルフォンソにバレることはない。

ほかほかになったチェレスティーノはバスローブの代わりに大きなタオルにくるまり、長い裾をずるずる引きずりながらバスルームを出た。

キャビネットの引き出しを下から少しずつ開けてゆく。できた階段を登ってゆくと、天辺に蓋つきの菓子皿が置いてあった。蓋を持ち上げると焼き菓子が一つ現れる。アルフォンソがチェレスティーノのために用意した菓子だ。

いただきますと両手を合わせると、チェレスティーノは朝食代わりに菓子を齧《かじ》り始めた。最初はたくさんあった菓子も、これで最後だ。

チェレスティーノは外の廊下へと繋がる扉を見つめる。

「ばしゅるーむみたいに、はなかんむりかけておいてくれればよかったのになあ……」

嘆いたところで花冠は出現しない。満たされない腹を撫《な》でつつ、チェレスティーノは書棚の前に立つ。心が痛むが、本を積み重ねて踏み台にするしかなさそうだ。とりわけ厚い一冊を引っ張り出し、えっちらおっちら扉の前まで運ぼうとした時だった。足音が聞こえた。チェレスティーノは慌てふためき、持っていた本を机の下に押し込む。まだ帰ってくる時間ではないのにどうしたのだろうと思いつつ籠に飛び込んだのとほぼ同時に扉が開き、アルフォンソが入ってきた。何か取りに来たらしい。

机の前に回って引き出しを開けようとし——動きを止める。

ばくばく躍る心臓を押さえ様子を窺《うかが》っていると、隠したはずの本が拾い上げられた。

まずい。急ぐあまり端が飛び出していたのに気づかなかったらしい。

アルフォンソが室内を見回し、眉《まゆ》を上げる。階段状に引き出しが開けられたキャビネットに気がついたのだ。

引き出しの中身を一段一段検《あらた》め、最後に菓子皿の蓋を持ち上げたアルフォンソの目が細められた。

更に仔細に室内を見て歩く。姿見の前でもしゃがみ込み何かをじっと見つめていたけれど、何を見ているのかわからない。

最後に湿気が残るバスルームを覗くと、アルフォンソは机の引き出しにしまってあった小さな箱を一つ取り出ていった。

ほうと胸を撫で下ろしたものの、こうしてはいられない。チェレスティーノはぽてぽて走ってゆくと、うんしょうんしょと本を運んで扉の前へ積み上げていった。ある程度の高さに達すると、よじ登ってドアノブに手を伸ばす。

届いた！

でも、出ていく際にアルフォンソが術を掛けたに違いない。ドアノブは回らなかった。

+

+

+

その日の夕刻。チェレスティーノは絶望に打ちひしがれていた。どう頑張っても部屋から出られなかったのだ。

もう駄目だ。アルフォンソは侵入者に気がついた。帰ってきたらきっと部屋中を探す。チェレスティーノは見つけ出されて吊るし上げられる。

籠の中、毛布を頭から被ってぷるぷる震えていると、今までとは違う物音が廊下から聞こえてきた。からからと車輪が回る軽快な音に、アルフォンソとは違う足音が部屋の前で止まる。

「失礼いたします」

鍵を開けて入ってきたのは、食堂で見たことのある使用人だった。ワゴンを押している。

物凄くいいにおいにチェレスティーノは鼻をひくつかせた。

ごはん！

ソファの前のテーブルに二人分の料理が並べられる。水のグラスに、甘い豆のポタージュ。ふわふわの白いパンに、バターの入った小さな壺《つぼ》。それからディーラ鶏の丸焼き！

ドルチェの皿まで綺麗に並べると、使用人はワゴンを壁際に置いて出ていってしまった。

多分これはアルフォンソとレナートの夕食だ。盗み食いしたらたちどころにバレるに違いない。手を出すべきではないのは明らかなのに、チェレスティーノは心まで幼な子になってしまったらしい。

毛布から頭を出しきょときょと辺りを見回して間違いなく室内には誰もいないとわかると、籠から飛び降りてソファへと走る。テーブルの上によじ登ってちょこんと正座すると、まずは水を一口。それからポタージュへと取りかかった。

おいしい。チェレスティーノは半泣きで一週間ぶりの食事を堪能する。肉球のついた手では大きな匙《さじ》を操るのが難しくて口の周りがポタージュだらけになってしまったけど、誰も見ていないのだから構わない。ふかふかのパンにたっぷりバターを塗ったものを食べながら、さてディーラ鶏の丸焼きにどこから齧りつこうかと幸せな悩みに浸っていた時だった。誰かがくすくすと笑う声が聞こえた。

「ふわ……!?」

ぼんっとしっぽが膨らむ。見回すと、何ということだろう！　扉の脇の壁に、アルフォンソが寄りかかり肩を震わせていた。

「姿見に肉球の跡がついているのを見つけた時はまさかと思ったけれど、本当に君の仕業とはね」

チェレスティーノの手からパンがぽろりと落ちる。どうしよう、盗み食いの現場を押さえられてしまった！

真っ赤になったチェレスティーノは耳をぺたりと寝かせ、上目遣いにアルフォンソの顔色を窺う。

「えう……ごめんなしゃい……」

アルフォンソは微笑み、目を細めた。

「……っ、可愛いな……」

「え？」

「――いや、何でもない。さて、子猫ちゃん、その料理は君のために用意させたものだから好きなだけ食べて構わない。その代わりに教えてくれないか？　いつから意識があったのか」

チェレスティーノはそわそわとしっぽを動かした。どう答えるのが一番いいんだろう？　わからないので、正直に指を七本立てる。

「一週間前ってことかな?」

こっくりと頷《うなず》くと、アルフォンソが向かいに腰掛け、ハンカチで口元を拭いてくれた。

「それじゃ、次の質問だ。君は君のご主人さま——チェレスティーノの魔力で稼働していると思うのだけど、ご主人さまの居場所はわかるかな?」

首を横に振りつつチェレスティーノは不安を覚える。どうしてそういう質問が来るのだろう。

「じゃあ、チェレスティーノがどういう状況にあるのかもわからないか」

今度は縦に首を振ると、アルフォンソが頭を撫でてくれた。

「そうか、ありがとう」

「ちー、おへやに、いないの……?」

おずおずと質問すると、アルフォンソはナイフを手に取りディーラ鶏の丸焼きを切り分けてくれた。

「ちー? チェレスティーノのことか? ……その呼び方、いいな。んんっ、彼が部屋にいるかいないかはわからないんだ。ノックをしてみたけれど、返事がなくてね。いずれにせよ明日にはレナートが確認してきてくれるから心配は要らないよ。さ、冷めないうちに食べるといい。あれだけあった菓子を全部平らげてしまったくらいだ、お腹が減っているんだろう? はい、あーん」

フォークを差し出され、チェレスティーノはおろおろする。曲がりなりにも相手は王子さまである。

本当にあーんなんかしてもらっていいのだろうか。

「遠慮しなくていい。自分では食べにくいだろう? はい、あーん」

「……」

チェレスティーノはちっちゃな眉間に皺を寄せて考える。アルフォンソは物凄く楽しそうな顔をしている。

――んっとんっと、これは、おーじしゃまのこーい？　……だよね？　なら、んっと……わあいありがとって、にこって、すればいい……？

心を決めたチェレスティーノはきゅっと目を瞑って口を開けた。

ぱくり。もぐもぐ。アルフォンソがくれたディーラ鶏は、噛むと肉汁が溢れ出すほどやわらかいのに皮はぱりっとしていて、ちょっと強めの塩気が最高に美味しかった。思わずにぱっと笑いかけると、アルフォンソにでこちゅーされる。

わ……わあい！……わあい……？？

あまりのことに固まっていると、アルフォンソはチェレスティーノの隣へと移動してきた。チェレスティーノを抱き上げ、膝《ひざ》の上に座らせる。それからまた。

「あーん。ほら、この方が食べやすいだろう？」

「……」

にこりと微笑みかけられ、チェレスティーノは心を無にすることにした。食べることに集中する。

ディーラ鶏に添えられた根菜はしっかり味が染みていて美味しかったし、ドルチェのパイは大きくて甘いのに中に入っている果物の酸味が爽《さわ》やかでいくらでも食べられそうだ。

二人前あった料理をすっかり平らげ、最後に蜂蜜をたっぷり垂らした甘いお茶を飲み干すと、すかさず口元がナプキンで拭われる。

「美味しかった？」

やたらと甘い声に耳が溶けそうだと思いつつチェレスティーノはこくこく頷いた。

「よかった。明日からも最高に美味しい食事を用意してあげよう。その代わり、ここから出ないって約束してくれないか？　それから、ここで見たり聞いたりしたことは誰にも話さないで欲しい」

あ、これ、『はい』いがいのおへんじがゆるされないやつ……！

ぎくしゃくと頷くと、アルフォンソは満足そうに頷き、チェレスティーノを持ち上げて向きを変えた。向かい合わせに座らせると、ぷにぷにの頬を両掌で包む。

「ありがとう。よかったよ、素直に言うことを聞いてくれて。それにしても、さすがチェレスティーノが作った魔法人形だ。生きているみたいな反応をする。普通、魔法人形は主のこうしたいという意思をなぞるだけのお人形なのに」

確かに、普通の魔法人形はこんなじゃなかった気がする。

「さて、そろそろ迎えが来る時間だ。私は王宮に行ってくるから、ちーはいい子にしておいで」

ないに等しい首筋に顔が埋められ、チェレスティーノは身を竦《すく》めた。

「おーじしゃま、どおしてちーのにおい、かぐの……？」

金眼が瞬く。

「とてもいいにおいがするからだよ。甘やかで幸福なにおい。どんなに疲れていても君のにおいを嗅《か》ぐと、元気になれるんだ」

そう言うアルフォンソは本当に幸福そうな顔をしていた。チェレスティーノは服を引っ張り、鼻を突っ込むようにしてにおいを嗅いでみる。

「……ちー、いいにおい、しないよ……？」

「不思議だな、レナートもそう言うんだ。こんなに濃厚なにおいを放っているのに」

もう一度においを嗅がれ、チェレスティーノは可愛い眉間に皺を寄せた。

+ + +

翌朝。チェレスティーノはアルフォンソにぎゅっぎゅふすふすされて目を覚ました。半分眠っているチェレスティーノはまたかと思いつつ好きなようにさせる。アルフォンソが鍛錬に出掛けてからもしばらくの間ベッドの上でぐでっとしていたが、おふろと呟くとチェレスティーノも起き出してバスルームへと向かった。

もう見つかることを畏れる必要はない。堂々と日課の朝風呂を堪能する。

タオルに埋もれるようにして躯を拭いていると、鍛錬を終えたアルフォンソが戻ってきて、ショックを受けたような顔をした。

「子猫ちゃんはお風呂に入れるのか……！　言ってくれれば手伝ってあげたのに」

とんでもない申し出に、チェレスティーノはふるふると首を振る。

「い……いい……」

「しっぽも耳もびしょびしょなのに？　ほら、泡までついている。拭ってても？」

「え？　ちー、じぶんででき……あっ、んと、やっぱし、おねがい……？」

無言の圧力に負け、おずおずとしっぽを差し出すと、丁寧に拭き上げてくれる。耳や髪まで拭くとようやく満足したようだ。

「ああ、そうだ。着替えがあるんだった。よかったら着るといい」

クロゼットの奥、扉を目一杯開かないと見えない一角を示され、チェレスティーノはぴこんと耳を立てた。頭巾《フード》つきの上下が一繋ぎになった遊び着《ロンパース》が各種に寝間着、かぼちゃぱんつまで吊されている。お尻にはちゃんとしっぽを通す用のスリットが開いているようだ。

アルフォンソが汗を流しにいったので、チェレスティーノは早速余りまくって引きずってしまっていたタオルから抜け出し、桃のようなお尻をかぼちゃぱんつに収めた。星形の大きなポケットがついている遊び着に足を通して、しっぽをぎゅうぎゅう穴に押し込み、前に並んだボタンを一つずつ留めてゆく。堅苦しい制服よりずっと動きやすくていい感じだ。

できあがるとチェレスティーノは、髪を拭きながらバスルームから出てきたアルフォンソの元へ走っていって足に抱きついた。

「おーじしゃま、ありあと、ござましゅ」

「どういたしまして。凄く似合っている。とっても可愛いよ」

アルフォンソは頭を撫でてくれたけれど、チェレスティーノは眉間に皺を寄せた。

「かあいい？　ちー、おんなのこじゃないよお？」

少女に見えなくもない貧弱な体格はチェレスティーノのコンプレックスだ。アルフォンソはチェレスティーノ自身のことを言っているわけではないけれど、何だか厭《いや》だ。

アルフォンソは気にする様子もなく前言撤回してくれた。

「これは失礼。可愛いじゃなくて、かっこいい、だった」

「ん」

満足したチェレスティーノはアルフォンソから離れ、くるんと回ってみせる。

「いいね。思った通り、よく似合っている」

チェレスティーノは嬉しくなった。

チェレスティーノはあまり褒められたことがない。父公爵や母は、チェレスティーノがどんな格好をしても何とも思わないようだった。使用人たちは色々言ってくれたけれど、彼らにとっては褒めるのも仕事のうちだ。本気に取るほどチェレスティーノは愚かではない。

身なりが整うといつものように状箱を捧げ持ったレナートがやってきたので、チェレスティーノは籠の中に隠れる。騎士たちに廊下で待機しているよう命じてしっかり扉を閉めると、レナートは真剣な顔でアルフォンソに向き直った。

「殿下。チェレスティーノ・シアーノは行方不明です」

びっくりしたチェレスティーノのしっぽの毛が逆立つ。アルフォンソの顔からも笑みが消えた。

「どういうことだ？」

「言葉通りです。まず、学長に聞いたら公爵家に帰っているとのことでしたので、念のため人を遣って確認させたら、向こうでは学園にいるものと思っていました」

「学長が誤認していたということは、外出届が出ていたのか」

「はい。でも、チェレスティーノとは筆跡が違いました。提出しに来たのはオズヴァルド王子の派閥の者だったとか」

オズヴァルド王子。

チェレスティーノの心臓がどくんと厭な感じに脈打った。

アルフォンソが小さく唸《うな》る。

「王立学園では出入りする者すべてを記録していたはずだ。チェレスティーノが外出した記録は？」

「ありません。愚考するに、彼はオズヴァルド殿下の元にいるのではないでしょうか」

チェレスティーノの腕がぶわっと鳥膚立った。躯全体がどくん、どくんと脈打ち始める。

気分が、悪い。

「兄上の部屋に行ってくる」

「いけません、殿下！　シアーノ公爵家はオズヴァルド殿下の派閥に属しています。殿下が動くとややこしいことになる」

「ではどうしろと言うんだ！」

声を荒げたアルフォンソにチェレスティーノはびっくりした。アルフォンソとは友達でも何でもないのに、なぜそんなに激するのだろう。

レナートが溜息をつく。

「まずは学長に私から報告します。サヴェッリ王国に三つしか残っていない公爵家の嫡男が行方不明になっているのですから、全力で捜索してくれることでしょう。それで見つからなければ次の手を打ちます」

アルフォンソは唇を噛み締めつつも頷いた。いつものように公務をこなしがてら食べるための朝食が渡される。アルフォンソがレナートの目を盗み、籠の中に半分入れてくれたけれど、とても喉《のど》を通りそうになかった。

ちー、どこいっちゃったの……？

もしかして、ほんとーにおじゅのとこ、いる……？

そう思ったら吐き気まで込み上げてきて、チェレスティーノは猫のように蹲《うずくま》った。魔法人形がものを吐いたなんて話は聞いた試しがないけれど、食べられるのだから出すことができてもおかしくない。チェレスティーノは目を強く瞑って我慢しようとする。

――なんか、へん。ちー、どおしておじゅのなまえをきいただけでおえってなっちゃう……？

嫌いなだけでこんなになるだろうか。チェレスティーノは魔法人形の中に入る前のことを覚えていない。忘れてしまった記憶の中に何かあるのかもしれないと思ったけれどその『何か』が何であるか知るのが怖くて、チェレスティーノは頭から被った毛布を強く引っ張る。

＋　＋　＋

チェレスティーノの行方不明が知れると、学園中が大騒ぎになったらしい。授業こそ通常通り行われたけれど、敷地内の捜索のために手の空いている職員が全員駆り出され、オズヴァルド王子の部屋も検められたという。でも、チェレスティーノは見つからなかった。

元々この学園は百年ほど前に王家に反乱を起こし滅ぼされたヴァレン公爵家の屋敷だった。それまで権勢を誇っていた公爵家には子飼いの騎士や魔法使いの鍛錬所まであったため王立学園設立時にちょうどいいと再利用されたのだ。小さな森まである敷地は広大な上、ヴァレン公爵は屋敷に秘密の通路や部屋を設けていたという噂《うわさ》もある。見つからなかったからといって敷地内にいないとは限らない。

いてもたってもいられない気分でいたら、夜になってから学長がやってきた。

「アルフォンソ殿下、少し失礼してもよろしいですかな？」

学長はこめかみのところだけ白くなった黒髪を後ろに撫でつけた壮年の男だ。

部屋に招き入れられた学長は、すぐ籠の中の魔法人形に気がつき二度見した。でも、王子に指摘されるまで学園生が行方不明になっているのに気づかなかったという失態の後である。藪《やぶ》はつつかないことにしたらしい。

「このたびはその、学園の不手際で王子のお心を煩わせ、大変申し訳ない」

神妙な顔で王子に向かって頭を下げる。

「謝罪は私ではなくチェレスティーノ本人にするべきなのでは？　偽物の外出届を受理した上、行方不明であることに一週間も気づかなかったんだからね」

「いやまったく、面目ない」

「それで？　新しい情報は？」

アルフォンソに勧められるままソファに腰を下ろした学長は肩を竦めた。

「残念ながら。魔法まで使って問いただしましたが、門番は一時たりとも持ち場を離れてはいませんでしたし、敷地を覆う結界が破られた形跡もありませんでした。ただ、学園生たちに聞き取り調査をしてみたところ、チェレスティーノは随分と素行が悪かったようです。よく授業をさぼったり、学園を抜け出して色街に繰り出したりしていたとか。身分を鼻に掛けて周囲を見下すばかりでなく、食堂の下働きの子を私用でこき使っていたとも聞いています。公子はヴァレン公爵時代の抜け道を発見し、街に抜け出して遊んでいるのではないでしょうか」

チェレスティーノはぱかんと口を開けた。何てことを言うんだろう。

チェレスティーノは色街になど行ったことはない。授業を時折休んでしまうのは、躯が弱くて疲れるとすぐ熱を出してしまうせいだし、食堂の下働きの子については——。

チェレスティーノは唇を引き結んだ。彼については否定できなかったからだ。チェレスティーノは本当に、最近食堂で働き始めた痩せっぽっちの少年にしょっちゅう雑用を言いつけていた。それも他の職員や学生が見ている前で、『何をもたもたしているわけ？　行きなよ、今すぐ』とか『僕に逆らったらどうなるかわかっているよね？』とか、少年を甚振《いたぶ》るのを楽しんでいるかのような高飛車な言葉をわざと選んで。

アルフォンソが落ち込んでいるチェレスティーノをちらりと見た。

「学長。誰から話を聞いたのか知らないが、チェレスティーノは色街になど行っていないよ。食堂の下働きの少年を虐《いじ》めてもいない」

「なぜそんなことが言えるのです？　殿下と公子とではクラスも違えば派閥も違う。普段の姿など知ってはおられますまい」

「クラスが違っていても、私は知っているんだよ。虐めをしていたのはチェレスティーノではなく食堂の同僚たちだってことも、チェレスティーノが用事を言いつけていたのは、病気の妹がいて逆らえない少年一人につらい荷運びや大量の皮剝きが押しつけられないようにするためだってこともね」

チェレスティーノの目がまん丸になった。アルフォンソの言うことは本当だった。でも、どうしてアルフォンソがそんなことを知っているんだろう……？

「信じられませんな。そもそもなぜそんな回りくどいことをするんですかな。公子なら一言言えば」

「直接同僚たちを咎《とが》めれば少年が憎まれてしまうだろう？　でも、こういった方法を採《と》れば角が立たないどころか仲間たちの同情も買える。お使いを頼んだ後にこっそりお小遣いもあげられる。信じられないなら少年本人に確かめてみたらいい。ただし、その際下手を打って同僚たちに気づかれるようなことになったら、私は怒るかもしれないよ」

籠の縁を掴む手に力が籠もる。今すぐアルフォンソに抱きついて頭をぐりぐり押しつけたい。別に悪者だと思われてもいいと思っていたはずなのに、理解してもらえていたことが嬉しくて目がうるうるしてしまう。

「これは畏れ入りました。しかし、不思議ですな。公子が属しているはずの第一王子派に属する生徒たちは悪し様に言うのに、敵対する派閥の長である殿下が彼を庇うとは」

学長の言葉に、ほかほかしていたチェレスティーノの胸は氷を突きつけられたように冷たくなった。そうだ。皆、味方のはずなのに。自分は皆にそんなに嫌われていたのだろうか。

「それに殿下は随分と彼のことをご存知と見える。まさか第一王子派の全員に目配りを？」

アルフォンソは言うべき言葉を探すように視線を巡らせる。

「それこそまさか、だ。そうだな、もし汚泥に光る石が交じっているのを見つけたなら、学長ならどうする？」

学長の目尻に皺が寄った。

「捨て置くでしょうな。拾えば手が汚れてしまいそうだ」

「それが金剛石《こんごうせき》でも？　磨けば眩《まばゆ》く光るとわかっていても、泥の中に沈んでゆくのをただ見送る？」

学長の唇の両端が上がる。

「殿下は彼を拾い上げるおつもりなのですかな？」

「私は特別なものを見つけたら拾って磨き上げ、いつでも眺められるよう手元に置きたい人間なんだ」

「チェレスティーノは殿下に対してたいそう無礼な態度を取っていると聞いておりますが」

アルフォンソは苦笑した。

「どうも私は彼に嫌われているらしいね。一度ゆっくり話をすれば変わるかと思って頑張っているのだけど、けんもほろろだ」

チェレスティーノはどうにも落ち着かなくなってしまい、こっそりしっぽの先を噛んだ。

おーじしゃま、ちーがきーてること、しってゆ。がくめんどーり、うけとっちゃだめ。きっと、ちーをとりこみたいのは、おじゅにかつため。しょーにきまってゆけど……ほんのちょっとでもちーのこと、みとめてくれてたんなら、うれしい、かも……。

チェレスティーノは自分を『特別なもの』だと思ったことがない。

父公爵はチェレスティーノのまるで厚みのない躯つきやしょっちゅう熱を出すところ、何より運動神経が壊滅的であり、剣技も魔法実技も落第ギリギリのところが気に入らないみたいで、多少いい成績を取ったところでそれくらいできてくれないと困ると言わんばかりの溜息をつく。多分チェレスティーノは父公爵に金剛石どころか道端の石くらいにしか思われていないのだ。

別にいい。勉強は好きでやっているだけで、褒めて欲しいから頑張っているわけではない。誰に認められても認められなくても構わない。そう、ずっと思っていたけれど。

「これからの方針はもう決まっているのかな?」

「明日の朝から魔法に堪能な教師を中心に敷地内を精査し直すつもりです。同時に第一王子派の生徒たちの監視を」

「多分、第一王子派を見張ったところで公子の行方はわかりませんよ」

ソファの後ろに金髪を膝まで垂らした魔法学の教師が立っているのに気がついたチェレスティーノはびくっとした。いつこの部屋に入ってきたのだろう。

「どうしてだ、ジュスト」

アルフォンソも学長も平然と話を進める。

「彼らもまた公子を捜しているからです。偽の外出届は他に先んじて公子を確保するためかと」

あえ? おじゅがくろまく、ちがう……?

チェレスティーノはわけがわからなくなってしまった。

「ところで殿下、私からも質問があります」

アルフォンソはジュストに微笑む。

「何かな?」

「祝宴の夜、殿下がオメガのにおいをぷんぷんさせていたと聞きました。何があったのですか?」

オメガ?

チェレスティーノの鼻に皺が寄った。

チェレスティーノはオメガも嫌いだ。

人には、男女の性の他に第二の性というものがあり、アルファとオメガ、ベータの三つに分類される。平民の大多数は凡庸《ぼんよう》なベータだ。

アルファは体格に優れ知能も高い優性種で、この世を統べるために生まれてきたのだといわれている。とても生まれにくい性だけれど、貴族は大抵アルファだ。というより、アルファでないと普通は家を継がせてもらえない。アルファ以外の当主など他家に見下されるだけだからだ。

アルファとアルファが結婚すればアルファが生まれやすいように思われるが、実際に生まれてくるのはベータが多い。どうしてもアルファの子が欲しい貴族はどうするかというと、オメガを飼う。

オメガについては、アルファとは対の存在だと考える国もあれば、生殖だけを存在理由とする劣等種とみなす国もある。基本的に彼らは、知能こそ月並みだが華奢《きやしや》で愛らしく庇護欲をそそる外見をしておりアルファに比べ虚弱だが、どういうわけだか男も女も子を孕《はら》むことができ、なぜかアルファとつがえば高確率でアルファの子を産む。

だからこの国の高位貴族は、妻の他に何人ものオメガを飼う。彼らが産んだ男子は妻の子として育てられ、長じてアルファとわかれば爵位を継ぐ。もしベータなら家臣や騎士として家に仕えさせるが、オメガなら『佳《よ》い血筋の産み腹』であると、女子以上に政治の道具として珍重されることになる。

父公爵も、五人ものオメガを飼っていた。チェレスティーノもオメガから産まれたらしいが、どのオメガから産まれたかも知らない。母親と認識しているのはアルファである正妻だし、実の母親に対しては思慕するどころか、嫌悪さえ覚えている。

ヒート《発情期》に入れば相手構わずアルファを誘惑し交合しようとするあさましさや、子を産む以外何もしない、あるいはできない無能さが許せないのだ。

ち一はおめが、いらない。と一しゅになっても、ぜったいかわない。

そう、チェレスティーノは決めている。そのオメガのにおいをアルフォンソがさせていた……？

「誰が言ったのかは知らないけれど、勘違いじゃないかな。祝宴の夜、私は学園から出ていないし」

アルフォンソはいつもと同じ、穏やかな笑みを浮かべている。

「殿下。ヒートのオメガの誘惑に屈するのはアルファなら仕方のないことです。恥ずかしいことではありません。問題は子ができてしまうことです。サヴェッリの王族は必ず金眼を持って生まれてきます。万一の場合、隠しおおせないんです」

「私が嘘をついていると思うなら、そのオメガを連れてくればいい。学園に出入りした者についてはすべて記録が残っているんだろう？」

そういえば、そうだ。そもそもオメガは王立学園への立ち入りを許されていない。

それに、アルフォンソの態度は実に堂々としたものだった。アルフォンソが嘘をつくわけがない、きっと何かの間違いだったに違いないと思うけれど。

チェレスティーノは落ち着かない気分でアルフォンソを見つめる。何だか胸のうちがもやもやした。

＋　＋　＋

がちゃり、と。

チェレスティーノが扉を開けるなり、実習室に満ちていた楽しそうなさざめきが絶えた。しんと静まりかえった教室を横切って定位置となっている窓際の席に腰掛けると、チェレスティーノは頰杖を突いて窓の外を眺める。

平然と振る舞ってはいるけれど、心臓はばくばくだ。

いつもこうだった。チェレスティーノが現れると、教室の空気が変わる。多分チェレスティーノは級友たちに嫌われているのだ。別に、どうでもいいけれど。

いつものように授業開始まで窓の外を眺めて過ごすつもりでいたらクラスの纏め役のような立場にいる眼鏡が近づいてきた。

「チェレスティーノ、ちょっといいかな」

「何？」

「今日、生成する魔法人形なんだけど、上級生に聞いたら、これからも授業で使うらしいんだ。タイプによってできることが違うから、パワー重視のとか器用さ重視のとか分担して作っておけば、後々お互いに補助し合えていいだろう？　もし作るものが決まっていなければ、チェレスティーノも協力してくれないか」

生徒たちの視線を感じる。応じれば少しは空気がマシになったのかもしれないけれど、チェレスティーノの答えは決まっていた。

「悪いけど、僕は灰色狼《フェンリル》を作るってもう決めているから」

教室内がざわめく。きっと何て我《わ》が儘《まま》な奴だと思っているのだ。

「あー……そうか、残念だけど。決まっているんじゃ仕方ない。邪魔をしてすまなかった」

眼鏡は食い下がることなく仲間たちの方へと戻っていき、チェレスティーノはまた窓の外を見た。

ざわざわ、くすくす。

気のせいだろうか。話し声が全部自分の悪口に聞こえる。

考えすぎだと思おうとしたけれど、教室を見渡すとさっと目を逸《そ》らされた。

言いたいことがあれば直接言えばいいのに、誰も何も言わない。授業が始まるまでの短い時間が永遠にも感じられる。

ようやくやってきた教師は一人ずつ前に出てきて魔法人形を生成するよう指示した。下準備は前回までの授業で終わっている。皆が見守る中、一人ずつ前に出て魔法人形を作ってゆく。貼りつけたような笑みを浮かべたメイドに、索敵に便利な烏《からす》、力自慢のゴーレム、それから。

偉そうなことを言ったくせに、皆の前に出た途端にチェレスティーノは頭の中が真っ白になってしまった。無我夢中でありったけの魔力を注ぎ込んでできあがったのは、灰色狼からはほど遠い、ぬいぐるみのような代物で。

ざわざわ、くすくす。

忍びやかな笑い声に消え入りたいような気分を味わわされたチェレスティーノは即座にこの魔法人形を捨てたはずなのに。

+

+

+

「んう……？」

翌日の夜遅く。チェレスティーノはソファの上で毛布にくるまりうとうとしていた。

アルフォンソは朝、いつも通り授業に出たきりいまだに帰ってきていない。

足音が聞こえるたび、立っては萎れ、立っては萎れを繰り返していたチェレスティーノの耳がぴるぴるっと震えた。目がぱっちりと見開かれる。

おーじしゃまだ！

扉へと急ごうと床へと飛び降りたところでべしゃりと転んでしまったものの、チェレスティーノはすぐ立ち上がって扉の前まで走っていった。扉の前をうろうろしていると、いよいよドアノブが回り始める。

「おかえりなしゃいー」

待ち構えていたチェレスティーノがぽふんと足に抱きつくと、アルフォンソは小さな躯を抱き上げ、ぎゅーっと抱き締めてくれた。今日はよっぽどくたびれることがあったらしい。チェレスティーノを抱き締めたままベッドに倒れ込んでしまう。

ちょっと休憩したら起きて着替えるのだろうと思っていたのに、そのまま寝息が聞こえ始めた。

「……」

チェレスティーノはアルフォンソの腕の中から静かに抜け出すと、うんうん頑張って重い躯を動かし、襟元《えりもと》とベルトを緩めてやった。上掛けも引っ張って掛けてやる。

それから部屋の入り口へと目を遣った。

扉が少し開いていた。

普段のアルフォンソはかちっというまでドアを閉めるし、鍵を掛けた上に魔法まで掛ける。でも、今日はチェレスティーノをぎゅっぎゅすーはーするので精一杯だったのだろう。

今なら部屋に帰れる。

そう思った時、背後からぽふっという小さな音が聞こえた。

振り返ると、アルフォンソが何もないシーツを叩いていた。チェレスティーノを捜しているのだ。眠くて目も開かないのに。

「——」

チェレスティーノは一度深呼吸するとベッドから飛び降りた。扉のところまで行くとちらっとアルフォンソの方を振り返る。

おーじしゃまは、おともだちなんかじゃないし。やたらとぎゅっぎゅすーはーするへんたいさんだし。ばいばいできるなら、しゅるのがとーぜん。……とーぜん、だけど。

チェレスティーノは肉球のついた小さな手を当てると、ぱたんと扉を閉じた。

今日はこの季節にしては寒いから。

「きょーだけ、だからね……？」

ベッドによじ登ると、チェレスティーノを捜していたアルフォンソの手がふさふさのしっぽに触れた。たちまち抱き込まれてしまったチェレスティーノはふすふすとうなじのにおいを嗅がれつつ目を閉じる。

あったかい。

嫌いだったはずなのに、アルフォンソの腕の中はこれ以上ないくらい寝心地がよくて、チェレスティーノも金茶のさらさらの髪に顔を埋めた。

+ + +

翌朝、授業の前に、アルフォンソの部屋の扉がノックされた。

「殿下、隣のクラスのラウルです。お話ししたいことがあります。少し時間をいただけないでしょうか」

チェレスティーノのクラスメートだ。魔法人形を笑われたトラウマがよぎり、チェレスティーノは鼻に皺を寄せる。

「では、昼に食堂で聞こう」

「食堂ではちょっと。チェレスティーノのことなんです。僕たち、祝宴の夜に彼を見ていて」

滅多なことでは部屋に人を入れないアルフォンソが即座に扉を開けた。

「入りたまえ」

夢で見たのと同じ眼鏡――ラウル――といつも一緒にいる赤毛の体格のいい子と――たしか平民出の特待生だ――、それから金髪の某侯爵家の三男の三人が入ってくる。アルフォンソはさっと左右に目を走らせて誰も見ていないことを確認してから扉を閉めた。

「ソファに掛けるといい。何か飲むか？」

「いえっ、とんでもない」

「あれっ、あの魔法人形、チェレスティーノの作ったものですよね。なぜここに？」

チェレスティーノもアルフォンソも一瞬息を止めた。学長が来た時、何の問題もなかったので忘れていたけれど、この三人はこの魔法人形が誰のものか知っているのだ。

隠れていればよかったと思ったけれどもう遅い。チェレスティーノはクラスメートたちにわらわらと囲まれた。

「懐かしーな。チェレスティーノがこれ作った時、クラスが騒然となったんだよな」

頭を撫でようとした赤毛の手首をアルフォンソが摑む。

「触るな」

痛っと声を漏らしてアルフォンソの顔を見上げた赤毛の顔から血の気が引いた。

「あっ、すっ、すいません……」

えっ？　何？

人形のふりをしているため眼球を動かすこともできないチェレスティーノにはアルフォンソがどういう顔をしているのかわからないけれど、ラウルも金髪も顔を引き攣らせている。場を和ませるつもりか、ラウルが上擦った声を上げた。

「あっ、あの、知っていますか？　これを生成する前、チェレスティーノは灰色狼を作るって言っていたんです」

金髪も激しく頷く。

「そっ、そうそう。なのにぬいぐるみみたいのができて、おろおろしちゃって」

「うっかり吹き出したラウルを睨みつけた時なんて涙目になってて、普段つんとしているだけにすげえ可愛かった。あれでそれまでチェレスティーノのことお高くとまっているって悪口言ってた連中まで、あいつ可愛いくね？　なんて言い始めたんだよな」

んん？　かあいい？

馬鹿にしているのかと思ったけれども三人にそういった黒い感情は見えず、チェレスティーノは心の中で首を傾げる。

「怒って授業が終わるなり教室を出ていってしまったけど、あの日は一日、チェレスティーノとチェレスティーノが作った魔法人形の話で持ちきりだったんですよね」

「後で捨ててしまったと聞いて残念に思っていたんですけど、殿下が拾っておいてくださってよかったです。この魔法人形、チェレスティーノそっくりで、眺めているだけで癒《いや》されますよね」

ようやく調子を取り戻したらしいラウルがにっこり笑うと、アルフォンソはなぜか居心地悪そうに目を逸らした。

「……祝宴の夜にチェレスティーノを見たと言ったな」

「はい。あのでもお話しする前に、僕たちが話したってことは誰にも言わないって約束してください」

「チェレスティーノのことは助けたいが、家族まで危険に晒《さら》すわけにはいかねー」

行方不明事件に話が移るなり三人の顔つきが真剣なものへと変わり、チェレスティーノはごくりと唾を飲み込んだ。彼らは一体何を見たというのだろう。

「わかった。君たちのことは誰にも明かさないと誓おう」

アルフォンソが約束すると、三人は先を争い話しだす。

「祝宴の夜、僕たちは大広間のパーティーに参加していたんですけど、夜風に当たるためにテラスに出た時に聞いたんです。チェレスティーノと呼ぶ声を。見たらオズヴァルド殿下が誰か——多分厭がるチェレスティーノをどこかに引きずっていこうとしていました」

「校舎から寮へと向かう渡り廊下の傍です」

「チェレスティーノはオズヴァルド殿下に囚《とら》われているんじゃないか？」

勝手に躯が震えだす。やっぱりオズヴァルドは自分の失踪《しっそう》に関わっていたのだ！

「わかった。このことはオズヴァルドはもちろん、学長や公爵にも言わないと約束する。危険を冒して知らせてくれたことに感謝する」

アルフォンソに礼を言われた赤毛は両手を激しく振った。

「感謝なんかいらねーよ。チェレスティーノはクラスメートだからな」

とくんとチェレスティーノの心臓が跳ねた。

くらすめーと？　えっと、でもみんな、ちーのこと、きらいなんだよね……？

「こんなに日が経ってから言いに来た理由は？」

「皆で手分けして捜していたからです」

「チェレスティーノは僕たちと関わることを厭がっていたようだから、勝手なことををと怒るかもしれないけどね」

「ちっと淋しーけど、身分が違うんだから仕方がねー。あ、俺らがやったこと、チェレスティーノには内緒にしてくれよな」

とくとくと心臓の音が大きくなる。

みんな、ちーのこと、てわけしてさがしてくれたの？

もしかして、ちー、きらわれてなかった……？

ラウルたちを迎え入れてから張り詰めていたアルフォンソの表情がやわらぐ。

「別に伏せることはないんじゃないか？　チェレスティーノだって心配されて悪い気はしないだろう」

「そうかなー。俺、以前あいつが落とした本を拾ってやったことあるけど、用が済んだらさっさと行けって言わんばかりだったぜ？」

うぐ、とチェレスティーノは息を詰まらせた。

しょ、しょれは……。

「混雑した食堂で相席になってしまった時、黙っているのも気まずいだろうと思って話し掛けてみたら、露骨に鬱陶《うっとう》しそうな顔をされましたし。まあ、そういうところがいいっていう連中も一定数いるんですけどね」

……っ。

何がいいのかわかんなかったけど、チェレスティーノは口をむにゅむにゅさせた。

違う。鬱陶しいだなんて思っていない。チェレスティーノだって本当はラウルたちと仲良くしたかった。でも。

——よけーなこと、ゆっちゃだめ。もしあのひとのみみにとどいたら、またでめんどーなことになる。

だけど、この人たちはチェレスティーノを心配してくれたのだ。それに、危険を冒すことになるとわかっていてアルフォンソに会いに来てくれた。嘘なんかつきたくない。

チェレスティーノは人形のふりをやめて口を開けた。

「ち、ちあ、う」

「え？」

声のした方へと視線を走らせたラウルたちが籠の縁を掴みつぶらな瞳を潤ませている猫耳魔法人形に気づき、驚愕《きょうがく》に目を見開く。

「ち、ちあう、の。ちー、みぶんなんか、きにしない。けど、おじゅ、みてたから」

「おじゅ？　オズヴァルド殿下のことですか？」

一足早く衝撃から立ち直ったラウルに尋ねられ、チェレスティーノはこっくり頷いた。

「ん。おじゅ、ちーがだれかとおはなしすると、おこる……。そのこが、いじめられちゃうから……」

最初に気づいたのはいつだったろう。定期的に開催される第一王子派のみを集めたガーデンパーティーで仲良くなった子が、池に突き落とされた時だろうか、それとも珍しい花を教えてくれた庭師が、次行ったらいなくなっていた時だろうか。

オズヴァルドがいるところで誰かと仲良くすると必ず不幸な事態が持ち上がる。王立学園に上がるまでは同じ派閥に属している子しか周りにいなかったから、王妃がオズヴァルドに味方を減らすようなことをするなと窘《たしな》めてくれたけれど、ここには敵派閥に属する子や平民の子たちもいる。手心を加える必要のない彼らにオズヴァルドがどれだけ酷いことをするか試す勇気はチェレスティーノにはなかった。

そもそも王立学園へは、トモダチごっこをするために来たわけではない。やることは山ほどあるのだから友達なんかいなくたって構わない。そう割り切っていたつもりだったのだけど、チェレスティーノの中の幼な子はそうではなかったらしい。

ごかいされるのは、かなしい。きらわれるのは、さみしい。

そういった気持ちが堰《せき》を切って溢れ出す。

俯《うつむ》いてしまったチェレスティーノをアルフォンソが抱き上げた。

「兄上から守るため、君はいつも皆にきつくあたっていたのか？」

「だって、おじゅ、なにしゅるかわかんないんだもん……」

自分のせいで他人が傷つけられるところなど見たくない。

ラウルたちが詰めていた息を吐いた。

「あのつんけんした態度にはそんな理由があったのかよ……」

「言われてみれば第一王子派の連中は何かとチェレスティーノを見ていたよね。見蕩《みと》れているのだと思っていたけど、監視していたんだ」

「おじゅ、どうしてそんないやがらせするのかなあ。しょんなにちーのこと、きらいなのかなあ」

「え？　嫌いなわけないでしょう。むしろオズヴァルド殿下はチェレスティーノが好きなのでは？」

ラウルの言葉に時が止まった。

「は？」

長い間の後アルフォンソがびっくりするほど低い声を発すると、凍りついていた皆がびくっとする。

「えっと、おとこのこがしゅきになるのは、おんなのこだよ？　ちー、おんなのこじゃないから、おじゅ、しゅきになんないよ……？」

当たり前のことを言ったつもりだったのに、皆が難しい顔をした。

「？　なあに？　ちー、へんなこと、ゆった？？」

わけがわからずアルフォンソのシャツを握って躯を上下に揺さぶると、ラウルが言いにくそうに口を開く。

「あー、男か女かってあんまり関係ないんじゃないかな。ほら、オメガなら男でも普通につがうし」

「ちー、おめがじゃないのにい……」

毎年オメガだってことが後からわかって退学になる生徒が出るけれど、チェレスティーノがオメガであるわけがない。優秀だからだ。

皆、まだ何か言いたそうな顔をしていたけれど授業の時間が迫っている。

それからすぐ三人は帰っていった。でもアルフォンソはソファに座り込んだまま、動こうとしない。

どうしたんだろうと思ったチェレスティーノは静かにソファによじ登ると、アルフォンソにぎりぎり触れないところにちょこんと座り込んだ。頭を仰け反らせて隣を見上げてみると、アルフォンソもまたチェレスティーノを見下ろしていた。

チェレスティーノはこてんと頭を傾ける。アルフォンソの目がチェレスティーノを見ているようで見ていないように感じられたからだ。

やがてアルフォンソが呟いた。

「知っているかい？　私と兄上は腹が違うんだ」

知っている。

「私の母は王が飼っているオメガの一人だったらしい。でも兄上の母は王妃だ。よく言われたよ。卑《いや》しいオメガから生まれたくせに分をわきまえろって。子供の私は大人に逆らうことなど思いもよらなかったから、素直にわきまえるつもりでいたんだけれど、王妃に何かとつらくあたられていた私にとても親切にしてくれた庭師がいてね」

にわし。

チェレスティーノはぴこんと耳を動かした。チェレスティーノも王宮で庭師によくしてもらったことがあったからだ。

「茂みに隠れて泣いていると、庭木に実った甘酸っぱいベリーをくれたり、綺麗な花を見せてくれたりした。もし私に構っているのを王妃に知られたら大変なことになるからこっそりとだったけど、嬉しかったよ。その頃は誰もが王妃の勘気《かんき》に触れるのを恐れて、私に関わるまいとしていたからね。でも、彼はあるパーティーで兄上の悋気《りんき》を買い、利き腕を切り落とされてしまった」

チェレスティーノは耳を疑った。ききうでをきりおとされた？

「い、いちゅのぱーちー？」

「私たちが十歳の時、兄上の誕生日を祝うパーティーだったかな」

チェレスティーノがあの庭師と最後に会ったパーティーだ。ではやはり、庭師はチェレスティーノに優しくしたせいで――。

チェレスティーノの目が見る間に潤み、涙がぽろぽろ零れ落ちる。

そんなの、ひどい。

「ああごめん、惨《むご》い話を聞かせて。彼は元気だから泣かないでいいよ。私の派閥に属するある貴族に保護してもらったんだ。そんなことで死ぬなんて、絶対に許せなかったからね」

アルフォンソが頭を撫でてくれる。優しい手つきが今は痛い。

「兄上は長子で、王妃の実家である侯爵家の後押しもある。立太子されて当然なのに第二王子派が存在するのは、侯爵家が今以上に権力を握ることに反発する貴族が多かったのと、兄上の資質を問題視する声が絶えなかったせいだ。兄上の酷い逸話《いつわ》はこれだけではないし、そもそも兄上が本当にアルファか疑っている者も多い。アルファである証拠はみだりに人に見せられるものではないからね」

アルファ同士の夫婦からアルファの子は滅多に生まれないのに、王も王妃もアルファだった。そしてアルファもオメガも発情期が来るまでベータと見分けがつかない。

どんなに嫋《たお》やかで庇護欲を誘う外見をしていても三ヶ月に一度来る発情期《ヒート》でアルファを誘うフェロモンを発することがなければオメガではないし、どれだけ見目良く優秀な頭脳を持っていたとしても、年頃になると膨らんでくる性器の根元の瘤《こぶ》がなければアルファではない。オズヴァルドや王妃が嘘をついていると思っても、見せろと言うのは難しい。

「とはいえ、生まれにくいだけで、アルファの親からアルファの子が絶対に生まれないというわけではない。兄上はアルファと言えなくもない程度には知能が高いし、見目もいい。兄上がアルファかどうか確信を得るまでは静観するつもりだったんだけど」

そう言うと、アルフォンソは指でチェレスティーノの黒い艶やかな髪を梳《す》き始めた。

「兄上が王になったらこの国はきっと酷いことになる。王などという面倒くさいものになりたくはなかったけれど、兄上が王になったら私は幸せになれないようだから仕方がない。私は王冠を取りに行くよ。できれば子猫ちゃん、君のご主人さまには私の味方になって欲しかったんだけど」

アルフォンソはくすりと笑って頭にキスした。

「君に言っても仕方がないか。まあ、いい。君のご主人さまが帰ってきたら掻き口説けばいいだけのことだ。――ところで子猫ちゃんは運命のつがいという言葉を聞いたことがあるかな？」

チェレスティーノは躯に対して大きすぎる頭を傾ける。知らない。

「アルファとオメガは対となる存在で、必ず運命で結びつけられた相手が存在する。その人と会えば一目でそうとわかるし、どうしようもなく惹《ひ》かれ合って離れられなくなるっていう話だ。東方や南方の国々で広く信じられている」

チェレスティーノは首を捻った。オメガはケダモノのような生き物だ。そんな者の中に自分の運命の相手がいるかもしれないなんて考えるだけでぞっとする。

「今まで私はオメガという生き物が嫌いだった。オメガのにおいに誘われるアルファの性《さが》でさえ、忌《い》まわしいと思っていたくらいだ。だが、もし――」

ノックの音がした。

聞いたことのない声が扉の向こうから聞こえてくる。

「アルフォンソ殿下、陛下がお召しです。大至急王宮においでください」

アルフォンソは言葉を切ると、溜息をついた。名残惜《なごりお》しげにチェレスティーノの頭にキスをし、立ち上がる。

＋　＋　＋

アルフォンソが誰も部屋に入れないように扉の魔方陣を起動して出掛けてゆくと、一人取り残されたチェレスティーノは、はふうと息を吐いた。

なんか、ちゅかれた。

そうだ、お菓子を食べようと、チェレスティーノはキャビネットの引き出しを引っ張って階段を作り始める。確かアルフォンソが、菓子皿に美味しいドルチェを補充しておくと言っていた。

キャビネットの天辺に登り菓子器の蓋を開けてドライフルーツとビスコッティを見つけたチェレスティーノは満面の笑みを浮かべる。

凄い。可愛い。ドライフルーツもビスコッティも、散りばめられたお砂糖がきらきら光って宝石みたいだ。

両手に持って交互に齧る。でも、半分も食べないうちに凄い音がして、アルフォンソが出ていったばかりの扉が吹き飛んだ。

「……ふえっ？　えっ？？」

「ほう。これがチェレスティーノの生成した魔法人形か。何とも可愛いものだな」

壁に開口した穴から取り巻きを従え入ってきた男の顔を見たチェレスティーノの手から、ドライフルーツがぽとりと落ちた。

「おじゅ……」

オズヴァルド。王妃の腹から生まれた第一王子。父公爵が次代王と目している男。チェレスティーノが将来仕えるべき主。

父親が同じなだけあってオズヴァルドの顔立ちはアルフォンソとよく似ていた。でも、誰も二人を取り違えたりしない。アルフォンソが金茶の髪を背まで伸ばしているのに対してオズヴァルドが色の薄い金髪を前髪が立つほど短く整えている——伸びる端から魔道具に使ってしまっているらしい——せいではない。アルフォンソが春のお陽さまなら、オズヴァルドは冬の夜に浮かぶ酷薄な月のようだったからだ。アルフォンソのような愛想のよさはオズヴァルドにはない。いつも口元に浮かべている笑みは刺々《とげとげ》しく、金眼に至っては荒んだ色さえある。

顔を見ただけで足から力が抜けてしまい、チェレスティーノはぺたんとその場に座り込んだ。そこへずかずかと近づいてきたオズヴァルドが首根っこを掴み、目の高さまで持ち上げる。

「よりによってアルフォンソの元にあったとはな。実に許しがたいが、おしおきは後にしよう。教えろ。おまえの主はどこにいる」

チェレスティーノは涙目で首を振った。

しらない。

嘘なんかついていないのに、オズヴァルドは楽しそうに口角を上げた。

「ほう。俺に逆らうか。今すぐ従順になるよう躾けてやってもいいが——」

思わずぎゅっと目を瞑ったチェレスティーノに助け船を出したのは、オズヴァルドが連れてきた生徒の一人だった。

「申し訳ありません、殿下。扉に組み込まれていた術式を力尽くで吹き飛ばしたため、アルフォンソ殿下に部屋へ押し入ったことが伝わってしまったと思われます。時間がありません」

彼は確か、第一王子派に属する宮廷魔法使いの息子だ。オズヴァルドの学年でもっとも魔法学への造詣《ぞうけい》が深く、実技の授業では素晴らしい技を披露したと聞いている。とはいえ、どんなに目覚ましい成績を収めたところでこんなことをしていては台無しだけれども。

「ふん、仕方がないな。ガストーネ、やれ」

「は」

宮廷魔法使いの息子がチェレスティーノに向かって片手を掲げる。呪文《キーワード》を唱え始めると、青白い魔方陣が浮かび上がった。ついでにチェレスティーノの躯もふわりと浮かぶ。

なに……？　なに……⁉

「魂の在処《ありか》を示せ！」

己に何が起ころうとしているのかわからず手足をばたつかせていると、魔力を注ぎ込まれた魔方陣が光を放った。同時にチェレスティーノの躯が透け始め、胸の中に輝く小さな石のようなものが見えてくる。チェレスティーノが注ぎ込んだ魔力が物質化した結晶だ。

輝きはみるみるうちに強くなり、一条の光が床に向かって放たれた。

「おお」

取り巻きたちが感嘆の声を上げる。

「魔法人形に供給される魔力の流れを可視化しました。チェレスティーノさまは光の示す先にいらっしゃいます」

「よし。光を辿るぞ」

ガストーネの説明を聞いたオズヴァルドは満足そうに頷くと、チェレスティーノを手にぶら下げたまま歩き始めた。だが、階段を下りて一階へと到着しても、光は更に下を差していた。

「どこかに地下に下りる階段があるはずだ。捜せ」

寮に地下室があるなどという話は聞いたことがないが、オズヴァルドが乱暴に手を振ると取り巻きたちが手当たり次第に扉を開けて床を叩いたり家具をどかしたりし始めた。寮の一階は食堂や洗濯室、寮監の部屋があるだけで生徒の部屋はないとはいえ広い。

なぜオズヴァルドは自分を捜しているのだろう。オズヴァルドと自分の間に何があったのだろう。

それはこのオズヴァルドに対する強い嫌悪感と関係あるのだろうか。

わからないけれど、オズヴァルドにだけは見つけて欲しくなくて、チェレスティーノは祈る。

だれか。たすけて。おねがい、おねがい……！

多分、以前なら祈ったりしなかった。誰も助けてなんてくれるわけがないと思っていたからだ。父公爵はむしろオズヴァルドの味方だし、母上と呼んでいる公爵夫人だって実子でもないチェレスティーノに愛情なんて持っていない。チェレスティーノより堂々とした体躯を持ち押し出しもいい弟たちを跡継ぎにできるとなれば、わざとチェレスティーノを見捨てる可能性さえある。

でも、最近チェレスティーノは知った。自分を心配してくれる人もいるんだと。

ラウルたちクラスメートは真剣に自分を心配し、捜そうとしてくれていた。アルフォンソもチェレスティーノを金剛石とまで評価してくれている。彼らならきっとチェレスティーノに手を差し伸べてくれる。

——がすとーね、ゆってた。おーじしゃま、とびらこわされたことにきづいてるって……！

たすけて。

オズヴァルドの手に提《さ》げられぶらぶら揺れながら胸の前でぎゅっと両手を握り合わせた時だった。

聞きたくて堪《たま》らなかった声が聞こえた。

「何をしておられるのですか、兄上」

チェレスティーノは勢いよく振り返った。開け放たれた寮の扉の向こう、眩しいほどの陽光を背に立っているアルフォンソが見えた。その後ろに居並ぶ学長や他の教師たち——ジュストもいる——に、オズヴァルドが眉を顰《ひそ》める
「……別に。ちょっとした失《う》せ物捜しだ。おまえこそどうした、アルフォンソ。王宮から呼び出されたんじゃなかったのか？」

アルフォンソはにっこりと微笑んだ。

「呼び出し？　ああ、父上の名を騙《かた》って私を王宮に誘い出そうとした輩なら捕縛されて尋問を受けています」

オズヴァルドが舌打ちする。チェレスティーノはアルフォンソの元へ行こうとじたばた宙を掻いた。

腹を吸われてもいい。あの優しい腕に掻き抱かれたかった。

「彼らは私が留守の隙に部屋に押し入るつもりだったようです。念のために設置しておいた術に反応がありました。ところでその子猫ちゃんには留守番を頼んでいたのですが、なぜ兄上の元に？」

「大きな音がしたから見に行ったら、おまえの部屋の扉が吹き込んでいてこれがいた。保護してやらねばと思ってな」

「ありがとうございます。もう大丈夫ですから返してください」

アルフォンソが手を差し出す。

オズヴァルドはにやっと笑うと、チェレスティーノを放り投げた。アルフォンソが受け止めようと

した隙を突いて手を翳《かざ》す。教師たちが見ているというのに、ばちばちっと凄い音が弾けた。オズヴァルドが攻撃魔法を放ったのだ。

玄関ホールを火花が駆け巡る。だが、一瞬で意識を刈り取られ頽《くずお》れたのは、オズヴァルドだった。

学院長の声が玄関ホールに響く。

「――お見事」

落ちてきたチェレスティーノをぽすんと受け止めたアルフォンソがふふ、と笑った。

「兄上は負けを認められるような人じゃないからね。もしかしたらと思ってあらかじめ自分に反転魔法を掛けておいたんだが、まさか本当に役立つことになるとは」

チェレスティーノの喉が震える。

「おーじしゃま！　おーじしゃま、おーじしゃま……！」

こわかった。あいたかった。たすけてほしかった。……きてくれると、おもってた。

色んな気持ちが膨れ上がって溢れ出す。

チェレスティーノはもうほんのちょっとでもアルフォンソと離れていたくなくて、両手両足に加えしっぽまで使ってアルフォンソの腕に齧りついた。

「落ち着いて。ほら、そんなに力いっぱいしがみつかなくても大丈夫だから」

「おっ、おっ、おーじしゃま……っ」

えぐえぐと泣きだすと、アルフォンソが顔をハンカチで拭いてくれる。それから額にキスされ、チェレスティーノの胸はきゅうっと苦しくなった。

このきもちは、なんだろう……？

「ふふ、子猫ちゃん、鼻で息できていないだろう。鼻をかんで。ほら、ちーん」

後で思うと死ぬほど恥ずかしいけれど、チェレスティーノはアルフォンソに鼻をかんでもらうと首に両手でがっちりとしがみついた。

オズヴァルドの取り巻きたちはどうしたらいいのかわからず、おろおろしている。

「さて、王立学園内で攻撃魔法を使うことは禁じられている。オズヴァルド殿下は事務棟の地下へ連行しろ。君たちからも聞きたいことがある。一緒に来たまえ」

元ヴァレン公爵家の母屋だった事務棟には、生徒たちに地下牢と呼ばれている謹慎部屋がある。現在では綺麗に改装されているが、往時は実際に地下牢として使われていたのだろう。半地下の空間には明かり取りの小さな窓があるだけだし、なぜか魔法も使えない。罰を与えられるようなことをした学生はここで説教を受けたり反省文を書いたり補講を受けさせられたりするのだ。

「そして、アルフォンソ殿下。それは何ですかな？　公子に似ておるようですが……？」

「彼が授業で生成した魔法人形だよ。この光の線の先にチェレスティーノ自身がいるらしい」

「だが、寮棟に一階より下はないはずですぞ……？」

しゃくり上げながらアルフォンソにしがみついていたチェレスティーノの耳がひくりと動く。誰かに呼ばれた気がして辺りを見回すと、アルフォンソの足元に、ちょうど今のチェレスティーノと同じくらいの大きさの幼な子がいた。祝宴の日でもないのにボロボロの外套を纏い角のついた仮面で顔を隠している。

学園内で幼な子など見たことがない。不思議に思って見ていると、チェレスティーノの視線の先を辿った学長が目を見開いた。

「殿下。その子は……？」

「ん？」

アルフォンソが見下ろすより先に、幼な子がたっと走りだす。野生の獣のように敏捷《びんしょう》な身のこなしを見た教師たちの表情が引き締まった。

「まさか、魔物の眷属……？」

「お伽噺《とぎばなし》じゃあるまいし、そんなものがいるわけないだろう！」

物置として使われている部屋の前で立ち止まった幼な子に手招きされ、アルフォンソは学長と顔を見合わせる。

「来い、と言っているようですな」

触れたわけでもないのに扉が開き、幼な子が積み上げられた椅子やテーブルの間へと駆け込んでいった。アルフォンソと学長、そして残っていた数人の教師が物置の前まで行くと、暖炉の中へ入っていく。

「何⁉」

暖炉の底が抜けており、深い穴の中に縄梯子《なわばしご》が垂らされていた。

「殿下。これは未確認の地下室です。安全を確認するまでどうかここで待機を」

「断る。子猫ちゃん、肩車をしてあげよう。手を離すから、しっかり私の頭に摑まって」

「殿下！」

尻をぐいと押し上げられたチェレスティーノが金茶の頭にむちむちした両腕を回すと、アルフォンソは止めようとする学長を押しのけ、縄梯子を下り始めた。

穴を下りきるともう幼な子の姿はなかった。天井の低い小部屋があり奥に通路が延びているが、チェレスティーノの目は壁際に据えられた石棺にも似た大きな箱へと吸い寄せられる。

何だか甘いにおいがした。

「おーじしゃま。あれ、あけて?」

ぺちぺちと叩いて知らせると、アルフォンソはチェレスティーノを下ろし箱を調べ始める。どうやら石の板のような蓋を持ち上げれば開くようだとわかり、アルフォンソは続いて下りてきた教師たちと協力して蓋を退けた。

「ああ……」

果たしてそこにはチェレスティーノ本人が横たわっていた。仰向けで、胸の上に片手を乗せている。乱れた長い髪には植物の茎が絡み、白い花が咲き誇っていた。

さっきまでとは違う意味で胸がドキドキし始める。

ちー、しんじゃった?

アルフォンソも教師もチェレスティーノに魂を吸い込まれでもしたかのように箱の中を凝視して動かないので、チェレスティーノはうんしょと箱の縁を乗り越え、胸に耳を押し当てた。

……よかったあ。いきてる。

ちゃんと心臓の鼓動が聞こえる。

「いや、驚いたな。何て詩的な光景だ！」

ようやく縄梯子を下りてきた学長の大きな声に呪縛を解かれたかのように、アルフォンソや教師たちが動きだした。

「確かに美しいですな」

「しかし、シアーノ公爵家の嫡男はここまで美しかったか？」

教師の一人の言葉にチェレスティーノは目をぱちくりさせる。

ちー、うつくしい……？

不細工ではないと思うけれど、よくわからない。父公爵はチェレスティーノの顔を見ると厭な顔をするから、どちらかといえば人に不快感を催させる容姿なのだろうと思っていた。でも、同級生たちも綺麗だと言っていたし、もしかしたら。

「失礼。彼の状態を確かめます」

ジュストが前に出て棺《ひつぎ》の中を調べ始める。

「この白い花は催眠蓮の一種です。魔力を糧に育ち、生き物を眠りに誘う花粉を放つ。私見ですが、彼は何らかの脅威から逃れようとしていたんじゃないでしょうか。大分薄くなっていますが、棺にもこの地下室自体にも索敵魔法を攪乱《かくらん》する魔法をかけた痕跡があります。催眠蓮には宿主の生命活動を抑制し長期間生きながらえさせる効能がありますから、ここに身を潜めるため彼自ら芽吹かせたのかもしれません」

「そのせいか？　一週間以上飲まず食わずだった割には窶《やつ》れていない」

チェレスティーノは顔色こそ悪いものの、飢《う》え死にしそうにはとても見えなかった。

アルフォンソがああと声を発する。

「魔法人形が飲み食いしたものがチェレスティーノの糧となっていたんじゃないかな。魔力しか必要としないはずなのに食欲旺盛なので不思議に思っていたんだ」

「魔法人形が物を食うってだけで前代未聞なのに、すごい機能だなあ」

「チェレスティーノは魔法学に対する造詣が深くて、いつも私が思いつかないようなことをしてのけるんだ」

なぜアルフォンソが得意げな顔をするんだろう。

「ふむ。普通の魔法人形より消費魔力量が多いようですね。残存魔力量を増やすために一旦機能を停止します。失礼」

ジュストに頭を摑まれる。ばちんと頭の中で何かが弾けるような感覚があり、チェレスティーノの躯から力が抜けた。

「……？」

前のめりに頽れたと思ったのに、チェレスティーノは気がつくと天井を見ていた。わっと上がった歓声に耳をひくつかせようとして、できないのに気づく。やけに重く感じられる腕を持ち上げ触れてみると、頭の上に二つ並んでいたはずの猫耳がなくなっていた。おまけに何だか胸が苦しい。鉛でも詰まっているのかと思うほど重い頭を持ち上げて見てみたら、猫耳しっぽが生えた自分そっくりの魔法人形が胸の上で間の抜けた寝顔を晒していた。

何人もの教師がチェレスティーノを見下ろし、口々に何か喋っている。次々に伸びてきた腕に躯を起こされて視界が広がり、チェレスティーノは理解した。自分が白い花で満たされた石の棺の中に横たわっていたことを。

元の躯に戻れたのだ。

頭がはっきりするにつれ、どうしても思い出せなかった記憶が奔流《ほんりゅう》のようにチェレスティーノの中に流れ込んでくる。

偉そうなオズヴァルドの声、アルフォンソの汗のにおい、祝宴の夜の音楽、夜の森の静けさ。

あ。あ……。あ！　あ――!!

「チェレスティーノ？　顔色が悪いが、大丈夫か？」

熱を測ろうと思ったのだろうか。額に触れようとしたアルフォンソから、チェレスティーノは弾かれたように身を引いた。

石棺の壁に背を押しつけるようにして火照った顔を両手で覆う。

第二章　破滅の始まり

一週間も眠っていたせいだろう。四肢が重かったけれどチェレスティーノは自分の足で歩いて地下室から出た。部屋に帰りたいのに、ジュストと学長に簡単な身体検査をするからと食堂へ連れていかれる。服を脱ぐと二人はひゅっと息を呑んだ。チェレスティーノの膚は痣《あざ》だらけだった。腰には手の痕らしきものもある。もっとももう消え始めているくらいだから手当ての必要はないらしい。

「チェレスティーノ。祝宴の夜、何があったのかね」

服を着ることを許されシャツへと手を伸ばしたところで学長が切りだす。チェレスティーノはあらかじめ決めていた通りに答えた。

「申し訳ありません。あの夜のことは何も思い出せないんです」

「そうか……どんな些細《ささい》なことでもいい。思い出したことがあったらすぐ私に知らせてくれ」

「はい。ありがとうございます」

最後ににこりと愛想笑いすると、学長は傷《いた》ましいものでも見るかのような顔をした。多分、何もかも忘れてしまっていなければとても笑えないような酷い目に遭ったのだろうと思っているのだ。そしてそれはあながち間違いでもない。

元通り服を着て、髪を編む。あちこちから短い髪が飛び出してしまうのは、祝宴の夜に一束だけ切ってしまったせいだ。みっともないけれど、切り揃えたら溜めた魔力がもったいない。どうするのがいいかと考えていると、十歳ほどの少年が湯気の立つカップを運んできた。可愛らしく整った顔に表情はなく、カップをソーサーごと差し出す動作はぎこちない。

「あ、魔法人形……？」

「ああ、薬湯を用意させたんだ。回復が早くなる。飲みなさい」

礼を言ってカップの中身を啜《すす》りながらチェレスティーノはしげしげと魔法人形を眺める。そういえば普通の魔法人形はこういう感じなのだった。

部屋に帰ることを許され食堂を出るとアルフォンソが両手を広げて近づいてきた。

「チェレスティーノ！」

チェレスティーノが飛び退《すさ》る。

「何ですか、その手は」

「何って……抱擁《ハグ》だが？」

抱擁？　頬が触れ合う距離まで近づいて？　服越しにアルフォンソの体温を感じるってこと？

——無理だ。

チェレスティーノの後から出てきた学長がくつくつと笑う。

「殿下。第一王子派の筆頭であるシアーノ公爵の嫡男が第二王子と抱き合っているところを誰かに見られたら物議を醸《かも》すのではありませんかな？」

「ずっと心配していた友達が見つかったのだから抱擁くらいしてもいいと思うんだが」

「僕、殿下とは友達でも何でもないですけど」

しれっと嘘をつくなと睨みつけると、アルフォンソは肩を竦めた。

「相変わらずとりつく島もないな。友達じゃなくても心配していたんだからいいだろう？」

「心配してくれなんて頼んでません。それにオズヴァルド殿下に知られたら面倒なことになります」

「オズヴァルド殿下？」

学長は不思議そうな顔をしたけれど、アルフォンソは魔法人形《ちー》の話をちゃんと覚えていたらしい。表情を翳らせた。

「そうか。そうだったな。残念だが……抱擁は諦めよう。学長、彼の体調に問題は？」

「衰弱はありますが、若いですからな。よく食べて、動いて、体力の回復を図れば、大丈夫かと」

「なるほど。では、チェレスティーノ、これから私の部屋に来ないか？　食事を用意させたんだ。食堂のメニューはしばらく物を食べていなかった胃には重いものばかりだから――」

チェレスティーノは即座に断った。

「お心遣い、ありがとうございます。でも、誰が見ているかわかりませんから」

「……仕方がないな。気が変わったら夜中でもいつでも部屋を訪ねてくれて構わない。気分が悪くなったり身の危険を感じたりした時もだ。いいね？」

「ありがとうございます」

チェレスティーノは一礼して階段に向かったけれど、途中であっと小さな声を上げるとアルフォンソの前へ戻ってきて片手を差し出した。

「僕の魔法人形、返してください」

「……」

なぜ黙り込むのだろう。

「殿下?」

ずいと詰め寄ると、アルフォンソは視線を揺らした。

「あー、チェレスティーノ、もし私があの魔法人形を譲って欲しいと言ったら――」

「お断りします」

アルフォンソは溜息をついた。

「そう言うと思ったよ」

くいっと顎をしゃくった先、玄関ホールに、大小二つの影が見えた。チェレスティーノの魔法人形と、サムエルという魔法使いらしからぬ逞《たくま》しい体躯を誇る教師だ。床に直接座り込んで見つめ合っていて、周囲には光の文字や図形が浮かび上がっている。魔法人形の術式を解析しているのだ。

「サムエル先生、それ、僕の魔法人形ですよね。返してください」

アルフォンソの横を擦り抜け歩み寄ると、サムエルは魔法人形から目を離さず手を振る。

「まあ、ちょっと待て。今、いいところなんだ。授業の時は気づかなかったが、よく見るとこの魔法人形は実に面白い。ここの術式が間違っていて作動しないのを色んな術式をつけ足して誤魔化そうとしているみたいなんだが、何のために組み込まれているのかわからない術式まで次から次へと出てきて、どう作用しているのか読み解こうとすると全体が――」

サムエル一人ならともかく、アルフォンソもいる。チェレスティーノ自身に繋がっていたことが解明されてしまっては困る。

「待ちません。もう部屋に戻って寝たいので、失礼します」

チェレスティーノはむんずと魔法人形を掴み上げた。解析用の術が解け、浮かんでいた術式が消えてゆく。集中を乱されたサムエルが未練がましい呻《うめ》き声を上げげた。

「ケチだなー、チェレスティーノは」

「これは失敗作なんですよ。解析なんかしないでください」

喋りながら玄関ホールを後にする。教科書を持った生徒が行き来する階段を見上げると、今までのことが夢のように思えた。

──全部、夢だったらよかったのに。

チェレスティーノは魔法人形を抱き締め、階段を上がる。気がついた生徒たちが足を緩めたのが視界の端に見えたけれど、全身から話し掛けるなオーラを放っているチェレスティーノに話し掛けてくる者はいない。

自室に入り扉を閉めるとチェレスティーノはへなへなとその場にしゃがみ込んだ。

「どうしよう」

思い出したのだ、全部。祝宴の夜に何があったのか。なぜ自分が秘密の地下室で眠っていたのかも。

チェレスティーノは祝宴の夜が好きだ。

祝宴の夜は皆、仮装をする。仮装にかこつけて顔を隠してしまえば、チェレスティーノも父の意向やオズヴァルドの視線を気にせず好きに振る舞うことができる。

風邪でも引いたのか何日も前から体調が悪く頭がぼーっとしていたけれど、チェレスティーノは授業が終わるとすぐ寮の部屋に戻りバスルームで制服を脱ぎ捨てた。鏡の前に座るといつもは面倒なので三つ編みにして右肩に流している髪を解き、あらかじめ買っておいた髪粉を丹念にまぶしていく。これを使えば元の髪色がわからなくなるという触れ込み通り、虹色にきらきら輝く粉まみれになった髪は金属でできているように見えた。念のため、耳から上の髪を全部細かい編み込みにして、ピンで留めていく。頭の形がわかるタイトなシルエットのおかげでますます自分らしくなくなり、チェレスティーノはご満悦だ。

今年買った仮面は頭頂部から鼻の下まで覆うタイプで、目の色が赤く見える魔法が掛けてあった。こめかみから伸びる紐《ひも》を後ろで結ぶようになっていたけれど、それだけでは心許ないので、残ったピン全部を使って編み込みにがっちりと固定する。悪くない。口元は露出しているから食事だってできるし、声を変える魔法具も用意したからお喋りだって楽しめる。

鼻歌を歌いながらバスルームを出たチェレスティーノはベッドの上に広げてあったぼろぼろに見えるよう加工されたシャツに腕を通し、普段は公爵家の品位を損なわないために絶対につけない玩具のようなアクセサリーをじゃらじゃらつけた。この日のために買っておいた頭巾《フード》つきの外套《ローブ》は留め具がないタイプだったけれどそのままではずり落ちてしまうので、引き出しの中を引っ掻き回して見つけ出した色石のついたピンで留める。あとは汚した長靴《ブーツ》を履けばできあがり。祝宴の夜にはしゃぐ魔物の完成だ。

意気揚々と部屋を出ると、まずパーティーが行われている大広間に行く。誰が一番綺麗な花火魔法を打ち上げられるか選手権が開催されていたので蜂蜜水を手にあれこれ摘まみながら参加してみたら、綺麗な青い花を幾重にも咲かせたチェレスティーノに皆拍手喝采《かっさい》してくれた。

楽しい。仮面さえつけていれば、誰もがチェレスティーノを遠巻きにしたりせずに会話の輪に入れてくれる。特に今年は大勢がチェレスティーノを囲んで褒めそやし、飲み物を持ってきてくれたり、食べ物を分けてくれたりした。何だかやけに距離が近く、時々肩や腰を抱こうとする人までいるのにチェレスティーノはびっくりする。皆、祝宴の夜の空気に酔っているのだろうか。

そのうちチェレスティーノは妙なことに気がついた。

チェレスティーノが飲み物を取ろうとしたり、凄い仮装をしている人を見つけて見に行こうとしたりするたび、周囲の生徒たちがぞろぞろとついてくるのだ。たまたま傍《そば》にいただけで別にチェレスティーノと話をしていたわけでなくてもだ。

最初は大して気にしていなかったのだけど、そのうち風邪が悪化してきたらしい。くらくらしてきたので帰ろうとして、チェレスティーノは困ってしまった。部屋までついてこられたら正体がばれてしまう。

チェレスティーノは細かい移動を繰り返し、ついてくる生徒たちの様子を窺った。彼らも具合が悪いようだった。夢遊病者のようにふらついているし、目つきときたらまるで何かに取り憑《と》かれているかのようで気味が悪い。大広間の灯りが落とされ王城から打ち上げられた花火に注目が集まるのを待って素早く使用人用の出入り口から廊下に出ると、チェレスティーノは小走りに森の中にある寮まで繋がる渡り廊下を目指した。でも、あと少しというところで誰かに腕を摑まれてしまう。

「わ……っ」

「来い、チェレスティーノ」

文句を言おうとして、腕を摑んでいるのがオズヴァルド第一王子だと気がついたチェレスティーノは青褪《あおざ》めた。

「で、殿下……？　来いって、どこへですか？　一体どんなご用で……殿下……っ、痛いです、殿下……っ！」

力任せに引きずられ、足が縺《もつ》れる。何か気に入らないことでもあったのか、オズヴァルドは王族特有の金眼をぎらつかせていた。こういう時のオズヴァルドには逆らわない方がいい。

大人しくついていくと、オズヴァルドはチェレスティーノを学舎の隅にある医務室へ引きずり込んだ。乱暴にベッドへと突き飛ばして扉を閉め、鍵を掛ける。音を遮断する結界も張っているのに気がつき、チェレスティーノは不安に駆られた。一体何をする気なんだろう。

作業を終えたオズヴァルドが眉を顰めたチェレスティーノへと向き直る。

チェレスティーノははっとした。

オズヴァルドは大広間でチェレスティーノをつけ回していた生徒たちと同じ目をしていた。

「前々から何でおまえと話している奴を見ると殺したくなるんだろうと思っていたが、ようやくわかった」

色石のついたピンに触れられ、チェレスティーノはようやく思い出す。これはオズヴァルドから下賜されたものだった。だからオズヴァルドはチェレスティーノがわかったのだ。

「おまえ、オメガだな？」

「……え？」

首席こそ取れずにいるものの、次席をキープしている優秀な自分がオメガであるわけがないのに、オズヴァルドは自信たっぷりに捲《まく》し立てる。

「ヒートだというのにパーティーに来たのは、子種が欲しかったからか？　フェロモンを撒き散らして手当たり次第に誘惑するなんて、随分と大胆な真似をする」

「あの、オズヴァルド殿下。何を言っているんですか？　僕はシアーノ公爵家の嫡男ですよ。オメガなわけ、ありません」

ちょっと成長が遅くて躯はまだ必要な変化を迎えていないけれど間違いない。でも、オズヴァルドは哄笑《こうしょう》した。

「おまえは本当に馬鹿だな」

チェレスティーノに比べると大きく厳つく見える手が服へと伸ばされる。チェレスティーノは総毛立った。

この男が何をしようとしているのか理解したくない。

逃げようとすると、肩に流していた髪が摑まれる。

「痛……っ」

「何を逃げようとしている。この俺が可愛がってやろうというんだ。喜んで足を開けよ」

俯《うつぶ》せに引き倒され、ざわっと全身が鳥膚立った。うなじにオズヴァルドの視線を感じる。

――確かオメガは、アルファにうなじを噛まれるとつがいになってしまうんだっけ？

もちろんチェレスティーノはオメガではないから噛まれたところで問題はない。ないけれど。

――厭だ。

チェレスティーノは渾身《こんしん》の力を振り絞って踠《もが》き、オズヴァルドの下から逃れようとした。逃げられそうにないとわかると片手でうなじを覆う。次の瞬間手の甲に噛みつかれ、背筋に冷たいものが走った。

「殿下っ、いい加減にしてくださいっ」

「いい加減にするのはおまえの方だ。手を退けろ。逆らうことは許さん。おまえは俺のオメガだ」

チェレスティーノは背後を振り仰ぐ。

この男は僕を自分の所有物だとでも思っているのだろうか？

確かにチェレスティーノはオズヴァルドの命令通りアルフォンソを凌《しの》ぐ成績を取るため脇目も振らず勉強してきたけれど、あれは別にオズヴァルドの要望だから応えようとしたわけではない。父公爵の命令だったからだ。チェレスティーノにとって父公爵に従うのは当然のことだったから。

ああでも、もし父公爵がここにいたら、きっとオズヴァルドの言う通りにしろと言うんだろうな。そうしたら自分はオズヴァルドの望む通り躯を与える——？

チェレスティーノの中でぱきんと何かが砕けた。

冗談じゃない。

貴族の家に生まれた以上、家に尽くすのは当然だと思っていたけれど、これ以上は耐えられない。そこまでしなければ息子として認めないというのならば、もういい。公爵家嫡男の身分は返上する。

チェレスティーノはオズヴァルドを押しのけた。

「貴様……っ⁉」

また髪を掴まれたので、思いきりオズヴァルドの横っ面を張り飛ばす。激昂《げっこう》したオズヴァルドが力任せに髪を引っ張ろうとすると、チェレスティーノは掴まれた部分の髪を風魔法で切った。

オズヴァルドが目を見開く。

「何ということを……！」

シーツを蹴ってオズヴァルドから距離を取ろうとし、チェレスティーノはベッドの反対側に転がり落ちた。格好こそ無様だったが、チェレスティーノは勝利を確信する。

オズヴァルドの実技の成績は悪くないけれど、得意なのは剣技だ。でもここに剣はない。それなら攻撃魔法を使うしかないが、オズヴァルドが使える実践レベルの魔法は火弾だけだ。

案の定、オズヴァルドの魔力が高まってゆく。ここは室内、下手をすれば火災に至る危険性があるけれど、オズヴァルドにそんなことまで気配りできるわけがない。

予想通り飛んできた火の玉を、チェレスティーノは完璧に処理した。半球形の結界を張ったのだ。火の玉が結界の内壁に沿ってぐるんと半円を描き、オズヴァルドの顔面へと飛んでいく。耳障りな悲鳴が聞こえたけれど、攻撃魔法はなぜか自分で食らうと効果が半減するから痛くても死にはしない。

チェレスティーノは窓をこじ開けてオズヴァルドが張った結界を破ると、森へと逃げ込んだ。一刻も早く寮の自室へ帰って仮装を解きたかった。香油を垂らした熱いお湯にゆっくり浸かり、煩わしいもの全部洗い流してしまいたい。でも、森の半ばでまた腕を掴まれた。オズヴァルドが追いついてきたと思い反射的に振り解こうとしたけれど、チェレスティーノの腕は力強いとはとてもいえない。その上、何とも蠱惑的《こわくてき》なにおいに鼻腔を擽《くすぐ》られた刹那、かくんと膝から力が抜けてしまう。

どうしてだろう。視界が傾いだ。

どうやら自分は倒れようとしているらしい。でも、夜露に湿った土にキスするより早く、誰かが抱き留めてくれた。腕が誰かの肩に回され、腰を支えられる。

頭がぼーっとして、夢でも見ているかのようにすべてが遠く感じられた。きっと風邪だ。風邪が信じられない早さで悪化しているのだとチェレスティーノは思った。その証拠に躯が火照って仕方がないし、足も酔っ払いのように縺れて歩けない。

くたんとなってしまったチェレスティーノを誰かが一番近い東屋《あずまや》まで連れていく。王侯貴族が学ぶ王立学園の東屋には市井《しせい》のように硬いベンチではなく状態保存魔法の掛けられたソファが据えられており、いつでもくつろげるようになっていた。やわらかな座面に横たえられたチェレスティーノは、重い頭を何とか擡《もた》げてソファの横に立つ、ねじくれた片角が生えた仮面で顔の半面を隠した男を見上げる。

あ。

東屋の中は暗かったけれど、燃え立つ金の瞳が男の正体を教えてくれた。アルフォンソだ。

無言でチェレスティーノを見下ろすアルフォンソは、本物の魔物のように見えた。

「でんか」

チェレスティーノの喉がやけに甘ったるい声を発する。

アルフォンソはいつも友人たちに大安売りしている優しげな笑みを返してはくれなかった。

「発情したオメガがなぜこんなところにいる。まさか私を待ち伏せしていたのか？」

冷たく吐き捨てられ、チェレスティーノは仮面の下の顔を強張らせる。

——僕だって気づいていない……？　おまけにまたオメガって言われた。

オズヴァルドに言われた時は寝惚《ねぼ》けているのかくらいに思うことができたけれど、アルフォンソにまで同じことを言われたらさすがに無視できなかった。

——僕、オメガじゃないよね……？

「待ち伏せなんかしてません。たまたま通りがかっただけです」

「嘘をつけ。ここは王立学園だぞ？　王侯貴族の子弟もいるから、関係者以外は蟻《あり》の子一匹入れないよう護りを固めてある。発情期のオメガがたまたま来られるような場所じゃない。——誰に手引きされて来た？」

「僕は外から入ってきたわけじゃありません。この学園の生徒です。もちろんオメガでもない……」

「ほう？」

アルフォンソがチェレスティーノの躯を挟むように手を突いた。整った顔が近づいてくるのに耐えられず目を瞑ると、長い髪に膚を擽られる。

身を固くしていると首筋に顔が埋められ、すんとにおいを嗅がれた。

距離が縮まったせいで先刻の蠱惑的なにおいが強く香る。

躯が熱い。頭が——くらくら、する……。

「こんなにおいをさせておいて、よくオメガではないなどと言える」

アルフォンソの声は熱く湿っていた。うっとりとアルフォンソの声に聞き入りかけ、チェレスティーノははっとする。

アルフォンソは今、何を言った？

オメガのにおいなんかするはずない。何かの間違いに決まっていると思うと同時に、変だと思っていた事象がぱちんぱちんとあるべき場所に嵌《は》まっていくような感覚があった。全部チェレスティーノがオメガだとすれば説明がつくのだ。貧弱な躯にどれだけ頑張っても不得意な実技も、さっきオズヴァルドや他の生徒たちが見せた不可解な言動も、そして何より足の間にじゅわっと何かが湧《わ》いてくるような感覚も——。

僕はオメガだったんだろうか。でも、僕は優秀で。公爵家の嫡男で。

「学園の生徒だというなら、顔を見せろ」

アルフォンソが仮面を引《ひ》っ剝《ぺ》がそうとしたけれど、十本ものピンで編み込みに留められた仮面はびくともしない。

「いっ、痛いっ。やめてください……っ！」

頭皮を襲う痛みに堪らずチェレスティーノが悲鳴を上げると、舌打ちが返された。どうやらアルフォンソはオメガが嫌いらしい。ずきりと胸が痛んだけれど、オメガほど醜悪な生き物はいない。もしチェレスティーノがアルフォンソの立場にあったら、同じような態度を取ったに違いない。

――来い、チェレスティーノ。おまえももう年頃だ。オメガの味を知っておいた方がいい。ちょうどヒートに入ったのが一人いるから試してみろ。孕ませたって構わん。私の子であろうとおまえの子であろうと、シアーノ公爵家の血を引いていることに変わりないからな。

父公爵に腕を摑まれ、半ば引きずられるようにして連れていかれた部屋では、父の飼うオメガの一人が、寝具や脱ぎ捨てられた服に埋もれるようにして喘《あえ》いでいた。チェレスティーノに気がつくと、芋虫《いもむし》のように這《は》いずって近づこうとする。

チェレスティーノは強烈な嫌悪感を覚えた。

なに、これ。公爵位を継いだら、こんなのとつがわなきゃいけないの？

触れるのも厭でチェレスティーノは父公爵の手を振り解きその場から逃げ出した。元々オメガにはいい印象を持っていなかったけれどこのことがきっかけで完全に受け入れられなくなってしまい、チェレスティーノは秘かに決めた。爵位を継いでもオメガなんて絶対飼わない、アルファの妻との間にアルファの子ができなければ弟に跡を継がせる。それなのに。

何も考えたくなくなってしまい、チェレスティーノは強く目を瞑った。幸い、アルフォンソは目の前にいるのがチェレスティーノだとは気づいていないようだった。

「ハゲタカどもの思惑に乗るのなど真っ平御免だが——くそっ」

そうごちると、アルフォンソはチェレスティーノをソファの上に押さえつけた。シャツの合わせが力任せに引きちぎられる。

まさか。

このまま大人しくしていたら取り返しのつかないことになると直感したチェレスティーノは逃げようと踠いたけれど、躯に力が入らない。アルフォンソの下から抜け出すどころか、後ろ髪を掴まれて顔を固定されてしまう。

「い、いや……んん……っ」

くちづけられ、チェレスティーノは目を見開いた。

キスなんか、したことがなかった。こういうものなのかと初めての経験を噛み締めるより早く、口の中に舌が挿《さ》し入れられ、唾液が流し込まれる。

他人の唾など汚いに決まっているのにアルフォンソのそれは甘露《かんろ》のようで、喉を鳴らして飲み下すとかっと臓腑《ぞうふ》が熱くなった。

じゅくんと胎《はら》の奥が疼く。

触って欲しくて膚がちりちりした。

弾けたボタンがタイル張りの床を転がってゆく音がどこか遠く聞こえ、下肢に纏っていたものが手際よく剥かれる。

足首を摑まれ、躯の中心部に酷く熱く硬いモノを強引にねじ込まれた。

「う、や……っ」

痛い。

チェレスティーノは眦《まなじり》が張り裂けそうなほど目を見開く。夜闇に慣れてきた目に、自分のモノとは比べものにならないくらい猛々《たけだけ》しいアルフォンソのモノが見えた。それが半ばまで自分の中に埋まっているのも。

大きすぎるように思われるモノがみちみちと己の中に沈んでゆく。やめて欲しいけれど声が出ず、チェレスティーノは目の前で揺れる外套を握り締めた。でも、それは止まるどころか更に深くチェレスティーノの中へと侵攻してきて。

「……っ！　……‼」

「きつい。力を抜け」

思いやりの欠片《かけら》も感じられない険《けわ》しい声に、涙がぽろぽろ零れた。視界がどんどん狭まってきて、目の前が暗くなる。

「おい！」

いきなり頭皮に鋭い痛みが走り、チェレスティーノはひゅっと音を立てて息を吸い込んだ。アルフォンソがまた仮面を剥がそうとしたのだ。

「な……に……」

「ちゃんと息をしろ」

チェレスティーノははっとした。どうやら無意識に息を止めていたらしい。

「なぜ泣くんだ？　君はこうされたくて、私を待ち伏せしていたのだろう？」

アルフォンソの指先が仮面の下を拭う。

涙が伝い落ちているのに気がつき、チェレスティーノは拳でゴシゴシ顔を擦った。

「待ち伏せなんかしてません！　言ったよね、僕は通りがかっただけだって！　アルファにとってはオメガなんて玩具のようなものだし、話なんか聞く必要ないんだろうけど！　僕の痛みなんか知ったことではないんだろうけど！　こんなの……酷い。僕は……っ、殿下のこと、いい人だって思っていたのに……」

ああでも多分、何を言ってもこの人には響かない。オメガの言葉に聞く価値などないからだ。

オメガであるということがどういうことか初めて理解し、チェレスティーノは目の前が真っ暗になってしまったような気分を味わった。明るく健全だと思っていた世界が救いのない地獄のように思えてくる。いやきっと、今までもずっとそうだったのだ、オメガにとっては。チェレスティーノが気づかなかっただけで。

「……っ」

アルフォンソが顔を顰《しか》める。殴る気かと思ったけれど、アルフォンソはただ、涙で濡れた指を乱暴にシャツで拭っただけだった。腰が掴まれ、埋まっていたものがゆっくりと引き出される。

抜いてくれるのだと思ってほっとしたけれど、そうではなかった。あと少しというところで止まってしまった熱杭ががつんと奥まで突き入れられる。

「んう……っ」

話している間に多少は慣れたのか、痛みはそう酷くなかったけれど。

「んっ、ふっ、んっ、んっ、ふう……っ」

狭い肉の狭間《はざま》を熱く硬いモノがぬるぬると滑《なめ》らかに出入りする感覚が怖くてチェレスティーノはぽろぽろと涙を零す。何度も何度も擦り上げられるうちに腹の奥が火照ってきて、チェレスティーノの中を見たことがないほど険しい顔で穿《うが》っているアルフォンソの額にも汗が浮き始めた。同時に蠱惑的なにおいが強まる。

アルフォンソのにおいだ。何ていいにおいなんだろう。

このにおいを嗅いでいると心も躯も蕩《とろ》けて、厭なことが全部遠のいてゆく。

チェレスティーノを穿ちながら、アルフォンソは時折膝を担ぎ直す。そのたびに腰の角度が変わり、チェレスティーノは眉根を寄せた。

なんか……、なんか……？

何度目かに姿勢を変えさせられた後だった。ずんと突き上げられ、チェレスティーノは息を呑んだ。

「⁉」

「ここか」

アルフォンソが呟く。どういう意味だろうと考える暇もなかった。

強弱をつけて同じ場所を狙《ねら》い撃たれ、チェレスティーノは身悶《みもだ》える。

「あ、あ……ああ……！」

気持ちいい。

「厭だと言っていたくせに、随分と感じているじゃないか」

嘲《あざけ》られ、一瞬かっとなったけれど、痛々しく張り詰めたペニスの先端部を厚みのある掌で乱暴に擦られたら言い返すことなどできなかった。

「あ……っ、あ……っ」

きつく閉じた目蓋《まぶた》の裏に火花が散り、中がきゅうっと収縮する。

「……っ」

何かを堪《こら》えようとするかのように息を詰めるアルフォンソの下で、チェレスティーノは、ひく、ひくと躯を震わせた。

「しかた、ない、だろ……っ？」

「何？」

「殿下に触られると、どこもかしこもじんじん、して。気持ちよくなっちゃうん、だから……っ」

チェレスティーノはずっとヒートのオメガをケダモノのようだと見下していた。でも、オメガになってわかった。こんな喜悦を与えられたなら我を忘れて当然だ。どんなにはしたない姿を晒したところで同情に値する。

でも、アルフォンソには理解できなかったらしい。物凄い目で睨まれてしまった。

「貴様……」

「……ああっ、でん、か……！」

中に埋まったモノが一回り大きくなったような気がして、チェレスティーノは狼狽《うろた》えた。

「？　なに、これ。どう、し……っ！」

自分が知らなかっただけで、アルファには自在にアレの大きさを変えることができたのだろうか？

それにしても酷い嫌がらせだ。だって、そんなことをされたら。

「ひあ……っ」

がつんと突き上げられ、発情期のオメガになってしまったチェレスティーノは竦むどころか歓喜した。

アルフォンソが動くたび、胎の中が甘く痺れ、理性がどろどろに煮溶けてゆく。

もっとして。その熱いモノで。僕の中をぐちゃぐちゃにして。それから——うなじを——。

「んん——！」

熱が臨界点に達し、白い蜜が飛んだ。肉筒がチェレスティーノの意思と無関係に収縮する。チェレスティーノは大きく口を開いて喘ぎ、舌先を震わせた。

「あ……あ、でんか、でんか……っ」

躯が、指先まで熱を孕んでいる。中の甘い痙攣《けいれん》が止まらない。とろとろに蕩けた奥などねだっているようだ。もっと、もっと。アルフォンソの大きなモノが欲しい、と。

とろんとした目で己を犯す男を見上げると、眉間の皺を更に深くしたアルフォンソがチェレスティーノの胸の先へと手を伸ばす。

「あ……っ！」

硬くなりつんと上を向いていた小さな粒を摘まれたチェレスティーノは腰を弓なりに反り返らせた。痛いほど強い刺激が堪らなく心地よくて、くりくりと先端を潰《つぶ》す手に手を添える。

「やだ……やめ……っ、そこ、きゅんきゅんする……。ああ、くる。また、く……っ」

服を纏いつかせたまま身悶えする白い肢体。ぎゅうっと肉筒が収縮すると、アルフォンソもチェレスティーノを掻き抱いた。中にじわっと熱が広がる。アルフォンソが吐精したのだ。

しばらくの間、二人は抱き合ったまま動かなかった。やがてアルフォンソが長い溜息をついて力を失ったモノを抜くとおびただしい量の白濁が溢れてきて、チェレスティーノはのろのろとシャツの裾を引っ張り局部を隠した。

酷く疲れていた。躯も汗と体液でべたべたで気持ち悪い。すっかりアルフォンソの大きさに慣らされてしまった後ろだけが、早くも淋しい、もっとシて欲しいと疼《うず》いている。

そそくさと身なりを整えたアルフォンソは、チェレスティーノを冷たく見下ろした。

「君、名前は?」

チェレスティーノは思わず顔に手をやった。仮面はまだしっかりと顔に張りついていた。

「言いたくありません」

「そういうわけにはいかない。私は王族だ。もし子ができたら後の争乱の種となる。孕んでないとわかるまで拘束させてもらう」

アルフォンソの言うことはもっともだったけれど、正体を知られるわけにはいかない。チェレスティーノは右手を突き出した。

「麗しき夜の女神、その眷属である翼ある賢人よ。後で供物を捧げるから、僕を助け……むぐっ!」

「黙れ!」

アルフォンソが慌てて口を塞《ふさ》ごうとしたけれど、遅い。既にチェレスティーノの呼びかけに応じ、黒い影が音もなく迫りつつあった。

気がついたアルフォンソが素早く外套の裾を腕に巻きつけて叩き落とそうとしたけれど、影は一つだけではない。別の角度からも地面すれすれを滑空してくる。

「フクロウか！」

更にもう一羽が飛来すると、アルフォンソはチェレスティーノを捕まえているどころではなくなり手を離した。

チャンスだ。

自由になったチェレスティーノはアルフォンソが三羽のフクロウと戦っている今のうちにと、散らばっていた衣類を抱え上げ走りだした。目指すは森の中に建つ寮だ。

ヴァレン公が客用の離れとして使っていたという五階建ての建物は様式こそ古めかしいけれど大きくて堅牢だ。

チェレスティーノは巨大な正面扉を体当たりするようにして押し開けると、広々とした玄関ホールを駆け抜けた。外套の前を掻き合わせただけという無防備な姿で、ひらひらとはためく外套の裾からなまめかしい白いふくらはぎを閃《ひらめ》かせながら。

四階まで誰にも会うことなく駆け上がることができたチェレスティーノは酔っ払いのように壁にぶつかりながら自室へと辿り着き扉の鍵を掛けるやいなやバスルームへ直行した。

バスタブの蛇口を捻って床に座り込むと、外套を脱ぐ。かろうじて袖《そで》を通していたシャツと拾ってきたズボンをタイルの上に脱ぎ捨てた外套の上に投げると、チェレスティーノは魔法で火をつけた。様々な体液で汚れた衣類が灰と化したら、まだ湯が溜まりきっていないバスタブに這い上るようにして入る。

まだガクガクと躯が震えていた。

――どうしよう。

王子さまとしてしまった。僕はオメガだった。アルフォンソにはバレなかったけれど、オズヴァルドには気づかれてしまったから、何か手を打たなければならない。

「父上に報告、する……？」

まず出てきた選択肢の酷さにチェレスティーノは苦笑した。

もし父公爵がこのことを知ったら、チェレスティーノは即日王立学園を退学させられることだろう。オメガに教育など必要ないからだ。

そしてもっとも富をもたらしてくれるであろうアルファへと捧げられる。恐らくはオズヴァルドへ。

「僕のにおいに反応したってことは本当にアルファだったみたいだけど、オズヴァルド殿下に飼われるくらいなら舌を噛んで死んだ方がマシ」

となると、父公爵へは言えない。アルフォンソはもちろん、教師にも明かせない。

誰も頼れないことに気がついたチェレスティーノは唇を噛んだ。

「逃げよう」

大丈夫だ。大丈夫、湯浴みが終わったら手持ちで一番庶民っぽい服を着て、金目のものを纏めればいい。きっと何とかなる。本当はすぐ王立学園を出たいところだけれどとチェレスティーノは己の腹に掌を当てた。さっきまでアルフォンソでみっちり埋められていた場所が、アルファを欲しがってうずうずしている。他のアルファに会ったら同じことを繰り返してしまいそうだし、フェロモンが放たれているだろうから今は無理だ。

オメガのヒートって、どれくらい続くのだろう。

今逃げてきたばかりなのにアルフォンソに会いたかった。会ってもう一度さっきみたいに抱いて欲しくて堪らない。それから――。

チェレスティーノは掌でうなじを撫でた。

そこには何の傷もなかった。噛まれなくてよかったはずなのに、何かが頬を滑り落ちる。何だろうと触れてみた指先は濡れていた。

「僕、泣いている……？」

チェレスティーノは首を傾げた。なぜ自分は泣いているのだろう。

アルフォンソに酷い目に遭わされたから？　それともいきなりすべてと決別しなければならなくなったせい？

違う。ただ、胸の中ががらっぽになってしまったような変な感じがして――。

「ふ、う……っ」

ぎゅうっと胸が苦しくなり、チェレスティーノはバスタブの中で膝を抱えた。気持ちの上ではチェレスティーノはいまだアルファだ。アルファのつがいになる気などないのに、涙が後から後から溢れてきて、止まらない。声を殺して泣いているうちに、熱かった湯が冷めてゆく。

指先もすっかりふやけてしまった頃だった。ノックの音がした。

「チェレスティーノ、いる？」

変だなとチェレスティーノは思った。普段、チェレスティーノの部屋の扉をノックする者などいない。他の生徒たちとは違ってチェレスティーノには親しく部屋を行き来するような友達などいないからだ。

タオルを摑み立ち上がったチェレスティーノは適当に躯を拭くと、ふらつきながらバスルームを出た。尚もノックの音がし、隣の部屋に住む生徒の声が聞こえてくる。

「なあ、チェレスティーノ。さっきさあ、廊下走っていたの、おまえー？」

ますますもっておかしい。

王立学園内では飲酒が許されていないというのに、扉越しに聞こえてくる声は、酔っ払ったかのように呂律《ろれつ》が回っていなかった。それに確か隣の部屋を使っているのは男爵家の次男だ。チェレスティーノにこんな馴れ馴れしい態度を取っていい立場にないし、実際、これまでは取ったことなどない。

「何かさあ、おまえ、いいもの、部屋に持ち込んでねえ？」

「何を言っているのかわかりません。どうしてそう思うんですか？」

こちらもまた酔っ払っているかのようにとろんとした声で答えると、がたんと扉が揺れた。

「いーニオイがすんだよ。焼きたてのパネトーネともクロスタータとも違う、でも、物凄く美味しそうなにおいが」

「今さあ、みんなでにおいのもとを探してるんだ。チェレスティーノも来なよ。一緒に探そー？」

廊下がざわついている。みんなで『いいもの』を探しているらしい。

いいものって何だろう？

チェレスティーノにはすぐわかった。僕だ。彼らはオメガのフェロモンを嗅ぎつけ、チェレスティーノを探している。

多分、これまでヒートのオメガと相対したことがないからそうと気づいていないだけで、本能では理解しているのだ。ここにオメガ《獲物》がいるのだと。

がちゃりとドアノブが鳴った扉からチェレスティーノは飛び退いた。

誰かが扉を開けようとしている。今は鍵が掛かっているから開かないけれど、ヒートが終わるまで開けられずに済むだろうか？

さっきよりも強く扉が叩かれた。

「チェレスティーノ？　そこにいるんだろう？　なあ、返事をしろよ、チェレスティーノ！」

「祝宴の夜だ。一緒に楽しもう？」

逃げなきゃ。そのためには服を着ないと。

チェレスティーノは追い詰められた獣のように室内を見回し、制服や下着類がベッドの上に積まれているのに気がついた。

洗濯から戻ってきたものだ。

クロゼットを漁る余裕などない。チェレスティーノは制服を着始めた。震える指でボタンを留めている間も、ドアノブががちゃがちゃ鳴っている。扉の向こうの気配も増えているようだ。

外に出られる格好になると、チェレスティーノは窓を開けた。

扉が使えないのだから仕方がないと、四肢に魔力を漲《みなぎ》らせ飛び降りる。

いつもならこれくらい簡単にできるのに、着地と同時に膝を突いてしまい、チェレスティーノは溜息をついた。

段々ものを考えるのが難しくなってきている。逃げたりせず、いやらしいことをされたい。

「何を考えているんだ、一刻も早く安全な場所を探さなきゃいけないのに」

この王立学園にそんな場所が本当にあるかどうか、わからないけれども。

途方に暮れつつ森の中へ向かって歩きだそうとしたところで、後ろから引っ張られた。

「わあっ、だ、誰⁉」

見下ろすと、祝宴の宴の仮面をつけた幼な子がチェレスティーノを見上げていた。ふくふくとした小さな手がチェレスティーノの上着の裾をしっかりと握っている。

「何で王立学園に子供が……。ええっと、君、どこの子？」

尋ねてみたけれど、返事もしない。

その時どこかで窓の開く音がした。

「あれ？　何だかいいにおいがする」

まずい。

身を竦ませたチェレスティーノの上着の裾がまた強く引かれる。

「何？　ついていけばいいの？」

聞いてみると、幼な子はこっくり頷いた。

どういうつもりかわからないけれど、これ以上理性を保てそうにないし、行く場所もない。チェレスティーノは幼な子についていくことにした。

「そうしたら森の中に秘密の入り口があって、地下室へ入れたんだよね」

入り口には魔法の封印まで施されていたからにおいを辿られることはなさそうだったけれど、躯がアルフォンソを恋しがってやまないので、チェレスティーノは眠ることにしたのだった。幼な子がくれた催眠蓮に、ヒートが終わる頃に目覚める程度の魔力を与えて。

「それなのに、どうしてあんなことになってしまったんだろう……？」

ようやく立ち上がったアルフォンソは魔法人形《ぬいぐるみ》を抱えたままベッドに移動し、倒れ込んだ。

「アルフォンソ殿下としてしまうなんて……」

胸が締めつけられるように痛くなったけれど、今は無視だ。

アルフォンソは相手が誰かわかっていなかったからとりあえずはいい。問題はオズヴァルドだ。オメガだと言いふらされたらチェレスティーノの人生は終わる。

「でも、先生たちの態度は変わりなかった……」

迎えが来ていないということは、父公爵もまだ知らないと思っていい。

「もしかして、オズヴァルド殿下が誰にも言わないでくれた……？」

だとしてもチェレスティーノのためだとは思えなかった。チェレスティーノの知るオズヴァルドは、およそ他人への気遣いというものを知らない男だったからだ。

――いずれにせよ、ここにいるのは危険だ。

チェレスティーノはちらりと窓の外を見た。寮のすぐ傍に立つ木の梢《こずえ》で小鳥が囀《さえず》っている。普通の小鳥のようにしか見えないけれど、一羽は教師の作った魔法人形だ。

一週間も行方不明だった上、見つかった時には痣だらけで記憶を失くしていたチェレスティーノを心配して学園が護衛をつけてくれたのだ。心遣いは嬉しいけれど、これでは身動きが取れない。

どうしようかと迷っているうちに躯の傷が癒えてゆく。気がつけばチェレスティーノは何事もなかったかのようにかつてと同じ日々を送っていた。

朝起きると身なりを整え、食堂で軽い朝食を取り、授業に出席する。放課後は図書館で勉強だ。ただし読むのは魔法書だけではない。

「アズグワ王国の紀行誌にイヴァナ共和国語？　チェレスティーノは外国に行くのかい？」

いきなり後ろから伸びてきた手に積んでいた本の一冊を取られ、チェレスティーノはぎくりとした。

「殿下⁉」

「ごめん、驚かせてしまったかな？」

微笑むアルフォンソは祝宴の夜に自分を組み敷いた男と同一人物とは思えないほどやわらかな表情をしており、チェレスティーノは切ない痛みを訴える胸を左手で押さえる。

落ち着いて。いつも通りあしらえばいい。アルフォンソはチェレスティーノがあの夜のオメガだとは知らないのだ。

「泥棒じゃあるまいし、足音を消してこそこそと忍び寄らないでくれます？」

アルフォンソがチェレスティーノに話し掛けるのをやめようとしないせいで、チェレスティーノが投げつける言葉はきつくなる一方だ。

「泥棒みたいにとは酷いな。ちょうど三時だからお茶に誘おうと思ってきたのに。今日は側近候補たちも街へ出掛けていていないんだ。つきあわないか？　最近街で評判の菓子もある」

チェレスティーノはじっとアルフォンソの顔を見つめた。

感じの悪い取り巻きたちがいない上に美味な菓子がある？

あんなことがあった後だけれど、どうせこの男は相手が自分であったことに気づかない。ここにいるのもあと少しなのだから、一回くらいつきあってやってもいい。

チェレスティーノは初めてアルフォンソの誘いに頷いた。

「じゃあ少しだけ」

「えっ本当に？　つきあってくれるのか？」

アルフォンソの顔が喜色に溢れる。

チェレスティーノはふんっと目を逸らし、つきつきと痛む胸を押さえた。

「やっぱりやめます」

「臍《へそ》を曲げないでくれ、チェレスティーノ。今日は天気がいいからね、東屋に用意をさせている。こっちだ」

東屋……？

チェレスティーノは一瞬立ち竦んだ。祝宴の夜を過ごした東屋でお茶をするつもりなのかと思ったのだ。でも、案内されたのは泉のほとりにある別の東屋だった。

水際には鈴のような形をした小さな白い花が群れ咲き、木々の切れ目から差し込む陽光が澄んだ水の面を輝かせている。茶器を並べているのはチェレスティーノがよく用事を言いつけていた食堂の下働きだ。

一週間以上も様子を見に行けなかったからどうしているだろうと思っていたのだけれど、出会った頃より大分ふっくらしてきた頬には健康的な色が乗っているし、脅《おび》えた様子もない。

――よかった。

チェレスティーノは唇を綻《ほころ》ばせかけ、はっとして表情を引き締めた。

アルフォンソがいつも以上に唇をたわめ、金眼を自分の上に据えていることに気づいたのだ。

「何を見ているんですか」

睨みつけると、アルフォンソが笑みを深める。

「ああ、失礼。君が彼を虐めているという噂を思い出してね」

あたためるためポットに湯を注いでいた少年の表情が曇る。

チェレスティーノはわざと目を吊り上げた。

「知っているなら彼にちょっかいを出さないでください。彼は僕の小間使いなんですから、用を言いつけたい時に手が塞がっていたら困ります」

少年にはちょっかいを出して欲しくなかった。王子にお茶の用意をするよう頼まれることがあると知れたら、きっとオズヴァルドが利用しようとする。毒殺の片棒を担がされることにでもなったら堪らない。

「大丈夫。私が彼に用を言いつけるのはこれが最初で最後だ。君、ありがとう。これは駄賃だ。他の皆には内緒だよ？」

完璧な湯温で仕上げてくれたのだろう。素晴らしい香気を放つお茶を淹《い》れ終わった少年にアルフォンソが差し出したのは金貨だった。

息を呑んだ少年が思わずといった体《てい》でチェレスティーノを見つめる。非常に気に入らなかったけれど、チェレスティーノは頷いて見せた。誰も見ていないし、少年はお金を必要としているし、チェレスティーノが少年を顎で使う真意をアルフォンソは知っている。

——余計な説明をしないでいいのは助かるけれど、やりにくい……。

何も知らなければどこまでも冷たくあしらえたのに、チェレスティーノはもうこの男がいけ好かない奴なんかではないことも、本当に自分に好意的で、言葉のすべてが善意でできていることも知っている。それからこの男が、心底オメガがキライであることも。

つきんと胸の奥が痛んだ。

「さて、まずは招待に応じてくれてありがとう。君とは一度腹を割って話をしたいと思っていたんだ」

「言っておきますけど、どれだけ話をしたところで僕が殿下に仕えることはありませんから」

先手必勝、結論から食らわせると、アルフォンソは鳩《はと》が豆鉄砲を食ったような顔をした。

「……驚いたな。私の言いたいことがどうしてわかったんだ？」

「秘密です」

チェレスティーノはつんと顎を反らし、菓子を手に取る。少しだけ齧ってみて、評判になっているだけあって美味しいと顔を綻ばせたところで、アルフォンソの反撃が始まった。

「チェレスティーノ。そう一言で斬り捨てず、少しだけ考えてみてくれないか？　私は兄上以上に君を厚遇するつもりだ。君はとても優秀だし――」

「優秀？　入学してからこの方、一度だって殿下から首席を奪えたことがないのに？」

アルフォンソが苦笑する。

「それは仕方がないだろう？　体格が違うのだから」

貧弱な体格を気にしているチェレスティーノがきっとなって睨みつけると、アルフォンソは慌てて言葉を足した。

「誤解しないでくれ。私が主席を取れたのはたまたま体格に恵まれていて剣術や体術といった科目で点を稼げたからだって言いたかっただけで、君が劣っていると言うつもりはない。知っているかい？座学だけ見たら私はとっくに君に負けているんだ。特に魔法学では他の追随を許さないと聞いている。随分と前から君の書く魔法応用学のレポートは、王立大学の教授たちにも回覧されているそうだ。多分、君には在学中に声が掛かるだろう。ぜひ大学に進学して魔法学の発展のために尽くして欲しいと」

「ええ……？　それは何かの間違いなのでは？　魔法人形だって灰色狼を作るつもりだったのにあんなですよ？」

自嘲《じちょう》するチェレスティーノにアルフォンソは眉を顰める。

「私はああも愛らしいものを生み出せる君の感性を素晴らしいと思っているけどね。機能も画期的だ。安定して作れるようになれば、魔法人形の概念すら一新される」

アルフォンソは思い違いをしている。チェレスティーノは魔法人形に自我を与えたわけではない。乗り移っていただけだ。それはそれで大したことだし、やっぱり輝かしい未来が開けていたのかもしれないが、大学はオメガが行けるような場所ではない。

チェレスティーノは傍《かたわ》らの泉へと目を遣った。キラキラと輝く水面《みなも》が、砕け散った夢の欠片のように見えた。

元々、王立学園を出たら、父公爵の跡を継ぐため領地経営を学ぶつもりでいた。魔法学の探究は王立学園にいる間だけ。最初からそう決めていたから、別にいいけど。

そもそもチェレスティーノはアルフォンソが言うほどできがよくはないのだ。

「ありがとうございます。でも、僕が優秀に見えるのは父が用意してくれた最高の家庭教師や学園図書館並みに揃えられた蔵書、勉強に打ち込める環境のおかげですから。これまで掛けてもらった額を考えればこれくらいできて当然、喜んだりしたらむしろみっともないって父に怒られます」

いつも父公爵に言われていることを言ってみただけなのに、誰より尊く美しい金眼が揺れた。

「君はああいったことを環境さえ調えば誰でもできると思っているのか？」

チェレスティーノは自分でポットを取り、お茶のお代わりを注ぐ。

「ええ。嫡男だから弟たち以上に金を掛けてもらったのに次席しか取れないなんて恥ずかしいくらいです」

さすがに当てつけがましかっただろうか。そっと盗み見てみると、アルフォンソは途方に暮れたような顔をしていた。

「私は主席を取らない方がよかったのか……？」

「譲ってやろうかなんて言ったら殴りますよ？」

憂《うれ》いを帯びた表情に、少しだけ気が晴れる。ささやかすぎるけれど祝宴の夜の意趣返しだ。王子さまに嫌みを言うなんてとんでもないことだけど、自分はもうすぐここからいなくなる。

「君には他の誰も持ちえない素晴らしい資質がある。シアーノ公爵はもっと君を誇るべきなのに」

今となっては何の意味もない言葉だ。チェレスティーノはにっこりと笑って見せた。

「それはどうもありがとうございます」

薄っぺらな笑顔に薄っぺらな言葉。チェレスティーノが何の感銘も受けていないのがわかったのだろう。アルフォンソが言い募る。

「チェレスティーノ。その、私は君の心根も好ましいと思っていて――」

チェレスティーノはお茶でさっきから渇いて仕方がなかった喉を潤した。

「殿下、何か勘違いしていませんか？　食堂の下働きの子のことは単なる気まぐれです。皆と交流を絶っていたのも、オズヴァルド殿下から守るためなんかじゃありません。面倒くさかったからです。身分が下の者たちと関わり合ったところで何の意味もありませんし」

「チェレスティーノ」

アルフォンソが席を立った。テーブルを回り込んできて、チェレスティーノの隣に座る。

「これでは埒《らち》が明《あ》かない。回りくどい言い方はやめよう。私はずっと君を見てきた。君を取り込みたいからではない。私は君を――」

東屋のソファはゆったりとした造りになっているし、風通しがいい。だが、手を取らんばかりの勢いで詰め寄られたチェレスティーノは鼻をひくつかせた。

かすかに覚えのあるにおいがした。アルフォンソのにおいだ。

まだ三ヶ月経っていないのに、腹の奥――アルフォンソに突かれるたびに感じて仕方のなかった場所が疼く。

一瞬のうちに脳裏に自分を組み敷き見下ろす顔が、滴《したた》る汗の感触が、腹の中を掻き回す圧倒的な質量の記憶が蘇《よみがえ》り、チェレスティーノは目元に力を込めた。

目の前の男にすべてを捧げたい。そんな衝動を鉄の意志で封じる。

「何で寄ってくるんですか。あっちに行ってください」

「チェレスティーノ」

「申し訳ありませんが、僕は殿下の取り巻きではありません。何でも思い通りになると思ったら大間違いです。手駒が必要なら他を当たってください」

どうせチェレスティーノがあの時のオメガだと知ったら、この男は言を翻す。これは現実ではない。謂《い》わば夢なのだ。

立ち上がって東屋を出ると、蜘蛛《くも》の巣を通り抜けたような変な感じがした。会話の内容が外に漏れないよう、結界が張られていたらしい。

森を突っ切って寮に帰る。正面扉を押し開けたチェレスティーノはぎくりとした。肩に小鳥を乗せた教師が二人、玄関ホールで待ち構えていたからだ。

「先生……？」

「やあ、チェレスティーノ。アルフォンソ殿下と何を話していたんだい？」

二人とも口元こそ笑んでいるけれど目が笑っていない。何も悪いことなどしていないはずなのに、チェレスティーノはナイフの刃を渡っているような気分になった。

＋　＋　＋

それからも顔を合わせればアルフォンソが話し掛けてきたけれど、チェレスティーノが誘いに応じることはなかった。絶対に仕返ししに来るに違いないと思っていたオズヴァルドは姿を見せない。とはいえ学園内には第一王子派の子弟が大勢いる。チェレスティーノはこれまでと同じように脇目も振らず勉学に勤しむふりで一人淡々と日々を過ごす。

被害者であるチェレスティーノへの学園側の配慮は厚く、小鳥で見張っているだけでなく何かあれば昼夜を問わず教師が声を掛けに来る。ありがたいことではあるけれど、アルフォンソと会った後、何を話したかまで詰問されたのには焦《あせ》った。うまい言い訳を思いつけない自分の駄目さに俯くと、なぜか放免してもらえたけれど。

三ヶ月が経っても監視が緩まないのにはヒヤヒヤさせられたけれど、恐れていたヒートは来なかった。アルフォンソと距離を取って以来、腹の奥が疼くこともない。もしかしたら取り戻したと思った記憶は全部夢だったのかもしれない——と思ったりもしたけれど、気が緩んだせいだろうか、その頃から躯が重いと感じることが多くなった。

その日も、朝が来たことには気づいていたのだけどどうにも目を開ける気になれなくて、あと少し、あと少しと思っているうちにまた意識が遠くなり……はっと目覚めると、筋骨逞しい教師に見下ろされていた。

自分は無防備な寝間着姿でいまだベッドの中だ。オズヴァルドに組み敷かれた時の強烈な嫌悪が蘇り、まさかヒートが来た⁉ 教師ともあろう者が僕を⁉ と、一瞬焦ったけれど、杞憂《きゆう》だった。

「よかった。チェレスティーノ、ちゃんといた!」

「具合が悪いのかな。先生、チェレスティーノが寝ているのをいいことに変なことしちゃ駄目ですよ」

のんきな声に顔を横に向けると、ラウルともう二人の級友——いずれもチェレスティーノが行方不明だった時、アルフォンソの部屋を訪ねてくれた面々だ——が廊下から部屋を覗き込んでいた。また心配してくれたらしい。別に嬉しくなんかないけれど、くすぐったいような気分になる。

「おまえたちこそ部屋に帰れと言っただろう。許可なく他人の部屋を覗くんじゃない」

教師は生意気な生徒たちに笑いながら言い返すと、チェレスティーノの額に掌をあてがった。

「む。熱があるようだな」

もそもそ起き上がったチェレスティーノも顔を顰める。躯がとても重かったからだ。

「あの、何ですか？　サムエル先生がなぜ僕の部屋に……？」

「ああ、おまえが授業に現れないとこいつらが知らせに来てな。まさかまた行方不明になっている、なんてことはあるまいと思ったが、様子を見に来たんだ」

「わざわざ入ってこなくても、ノック、してくだされば」

チェレスティーノの婉曲な抗議に反論したのはラウルだ。

「したよ。結構しつこく。それでも返事がないから、サムエル先生を呼んできたんだ」

「それは……ありがとうございます。ええと、今、何時ですか……？」

「昼休みが終わるところだ。チェレスティーノは朝食も昼食も食べなくて腹が減らないのか？」

一時間か二時間寝坊しただけだと思っていたのに、もうお昼になるらしい。たっぷり寝たはずなのに、眠くて眠くて堪らない。枕に頭を乗せたら五つ数えるより先に寝入ってしまいそうだ。

隣に腰掛けたサムエルが太い指で顎の下の、風邪を引くとよく腫れる場所を探る。

「扁桃腺《へんとうせん》は腫れてないようだな。喉を見せろ。痛みはあるか？　腹具合はどうだ？」

ラウルたちが騒ぎ出した。

「先生、何してんですか⁉」

「べたべた触らないでください！　チェレスティーノに変なことしたら奥さんに言いつけますよ！」

「ああ？」

サムエルは声を荒げかけたものの、手を引っ込める。

「あー、すまん。うちの子が風邪を引いた時にはこうするものだから、つい」

そうか。サムエルには子供がいるのか。そしてサムエルの子供は風邪を引くと、こんなことをしてもらえるのか。

何となく気恥ずかしくなってしまい、チェレスティーノももじもじと俯く。

「……大丈夫です。怠《だる》いだけで痛いところはないですし」

「そうか。特に悪いところはないようだし、とりあえずしっかり食べて寝ておけ。今、何か食べるものを食堂からもらってきてやる」

「ありがとう、ございます」

チェレスティーノが口元を綻ばせると、サムエルが固まった。入り口から身を乗り出していたラウルたちもなぜか真っ赤になる。

「チェレスティーノ……」

「地下室から帰ってきてから何か妙に綺麗になったような……」

いきなりサムエルがぶるぶるるっと首を振った。

「もう鐘が鳴るぞ！　おまえたちは授業に戻れ！」

「えー」

「ちぇっ、しょーがねーな、またな、チェレスティーノ」

サムエルに追い立てられ、ラウルたちが扉の向こうに消える。チェレスティーノは大きな欠伸《あくび》をすると、顔を洗うために立ち上がった。

綺麗って、一体何のことだろう。

洗面所で冷たい水を洗面器に張る。ゆらゆら揺れる水面には、いつもより幾分火照《ほて》っているように見える自分の顔が映っていた。

顔を洗いさっぱりすると、長い髪を梳《くしけず》り邪魔にならないよう編んで右肩に垂らす。ベッドに戻るとまた寝てしまいそうだったので書き物机用の木の椅子に移動して何度も欠伸を噛み殺していると、ノックの音がした。

「チェレスティーノ、持ってきたぞ。開けてくれ」

「はい」

扉を開けたチェレスティーノは目を丸くした。サムエルは料理が山盛りになったトレイを両手に二つずつ持った上、肩から大きな鞄を掛けていたからだ。

「サムエル先生、多すぎませんか……？」

「はは、君にこんなに食べられるとは俺も思っていないさ。実は俺も昼がまだでね。一緒に食べてもいいだろう？」

「……いいですけど、テーブルに乗りきらないかも」

チェレスティーノの部屋にあるテーブルは書き物机一つだけだ。大きめではあるけれど、壁に寄せてあるし食事をするのには向いていない。だが、サムエルはにっと笑うと、鞄から突き出している筒を視線で示した。

「載らないだろうな。だから今日はイヴァナ式でいくことにする。ここに入っている丸めた敷物、これを床に広げてくれ」

イヴァナでは椅子を使わず、直接敷物の上に座るという。チェレスティーノが言われた通りに敷物を広げると、サムエルは持ってきたトレイを敷物の上に置き、鞄の中身を取り出して並べ始めた。

「先生はイヴァナ出身なんですか？」

「そうだ。イヴァナはいいぞ！　年中あたたかくて防寒着要らずだし、魚が美味い。そして何より人がいい。イヴァナ人はとても親切なんだ」

　座るよう手で示され、チェレスティーノも敷物の反対側に腰を下ろす。サムエルはお互いの前に一枚ずつ取り皿を置くと、水筒の中身を大きなカップに注ぎ始めた。湯気の立つシチューはチェレスティーノの好物だったけれど、体調が悪いせいだろうか。においを嗅いだら胃がむかついてきたのでナプキンで口元を押さえる。

「？　どうした」

「すみません。何か……シチューのにおい、変じゃありませんか？」

「そうかあ？　生徒たちが昼に食べているんだ、傷《いた》んでいるってことはないと思うが……これは俺がもらおう」

　サムエルは、ナプキンにくるまれたカトラリーを二組取り出して片方をチェレスティーノに渡すと、自分の分から匙を抜き出した。シチューをすくってぱくりと食べると、宙を見つめたままもぐもぐする。味がおかしくなっていないか、確かめているのだ。どうやら大丈夫のようだったが、サムエルはチェレスティーノの分のシチューも自分の前へと移動させた。代わりにもう一つカップを取り出し、別の水筒からお茶を注ぐ。

「これなら飲めそうか？　よし、じゃあ、いただこう！」

　両手で印を切ると、サムエルは真っ先に肉料理へと手を伸ばした。香草と塩を擦り込み鉄板で焼いた肉は見るからに脂《あぶら》っこいが、男ばかりの王立学園内では絶大な人気を誇る一品だ。チェレスティーノもいつもならトレイに山盛りにしてもらうのだが、今日は一つ摘まんだだけで胸がいっぱいになってしまい、代わりに甘酢餡《あまずあん》が掛かった白身魚を取った。

パンと交互に口に運びながら、チェレスティーノはサムエルの表情を窺う。

「あの、先生」

「ん？」

「地下から戻ってからオズヴァルド殿下の姿を見ないんですけど、たまたまでしょうか？」

発達した犬歯で豪快に肉を食いちぎったサムエルの目から笑みが消えた。

「シアーノ公爵から聞いていないのか？」

父公爵のことを考えるといつも石のようになる胃の上にチェレスティーノは手を置く。

「はい」

「オズヴァルド殿下ならまだ謹慎部屋だ」

「え……っ。大丈夫なんですか？」

オズヴァルドは王子である。

王立学園内では皆平等という建前になってはいるが、さすがに王子を他の生徒のようには扱えない。

「オズヴァルド殿下についてはこれまでにも数々の問題を起こし、かつ反省が見られないことから、王直々に厳しく対処し心根を叩き直して欲しいと要請されている。おまえを探し出して何をしようとしていたかについても、いまだ一言も喋らんしな。おまえの親父——シアーノ公爵がしょっちゅう学園に来て、抗議だの嘆願だの熱心にやっているが、まあまだ当分解放されないだろうな」

「父上が……」

チェレスティーノは複雑な気分になった。父公爵は被害者の父親なのに、加害者を解放するため一番頑張っているらしい。父公爵にとってはチェレスティーノよりオズヴァルド王子と、王子がもたらしてくれるであろう権力が大切なのだ。

大丈夫、大丈夫。そういう人だってとっくに知っている。知っているけれど……心がささくれだってゆく。

「まったく、何を考えているんだろうな。自分の息子の失踪に関わっているかもしれない男を解放させるため手を尽くすとは！　そういえば、祝宴の夜の記憶はまだ戻らないのか？」

「はい」

チェレスティーノは不器用で、嘘をつこうとすると緊張してしまう。ぎこちなく頷くと、サムエルは水でも飲むかのようにシチューのカップを呷った。香ばしいナッツの入った肉野菜炒めに、コクのある海老《えび》のグラタン、ふかした芋。サムエルは凄い勢いで料理を平らげてゆく。

「そうか。まあ、言いたくなったら言えばいい。先生はおまえの味方だからな」

「……」

チェレスティーノはまじまじと、物わかりがよく実力も確かだと、生徒たちの敬愛を集めている教師の顔を見つめた。

この人は僕が嘘をついていることに気づいている……？

「ところで知っているか？　おまえがさっきからつついている白身魚に餡が掛かっているやつ、元々はイヴァナ料理なんだ」

何食わぬ顔で雑談に戻ったサムエルに、チェレスティーノも話を合わせた。記憶は全部戻っているけれど、誰にも話せないし、話したくない。

「そうなんですか？　僕、酸っぱいものはあまり好きじゃなかったんですけど、これは美味しいです」

「こっちの肉料理も美味いぞ？　あまり食べていないが、チェレスティーノは肉が嫌いなのか？」

サムエルに背中を押され、チェレスティーノは焼いた肉をもう一切れ取ってみる。ナイフで小さく切ってみたけれど、やっぱり脂っこさが鼻についた。

「好きなんですけど、今日は何だか胸焼けしそうで。あ、そのレモネ、取ってくれませんか？」

半分に切って添えてある黄色い果実は強烈に酸っぱいが脂っこい料理に爽やかな風味を与えてくれる。たっぷり絞ると、サムエルが遠くを見るような目になった。

「何かチェレスティーノを見ていると身籠《みご》もった時のかみさんを思い出すなあ」

少しは食べやすくなったに違いない肉を口に運ぼうとしていたチェレスティーノは凍りついた。

まさか、ね。

アルフォンソに注がれたのはたった一度きり。いくら孕みやすいオメガでも、それだけで子ができるわけがない。

——それならなぜ三ヶ月経ってもヒートが来なかった？　妊娠したオメガにはヒートが来ない。身籠もったせいだと考えれば説明がつくのでは？

心臓が頭の中にできたみたいに、拍動ががんがん頭蓋骨の中で反響する。考えが、纏まらない。

まさか、僕のお腹の中に——？

「チェレスティーノ？　食べながら寝ているのか？」

気がつくとサムエルが食事の手を止め、怪訝《けげん》そうにチェレスティーノを見ていた。

チェレスティーノは無理矢理顔の筋肉を動かし、強張った笑みを作る。

「すみません。どうにも眠くて」

「はは、危なっかしい奴だなあ。食い終わったら寝ていいから、もう少し食べろ。後で薬師を呼んでやる」

妊娠中は、安易に薬を飲んではいけないと何かで読んだことがある。

「いえ、大丈夫です。寝れば治ります」

とっさに断ってからチェレスティーノは気づいた。何をしているんだろう、僕は。子なんか産めるわけないのだから、気遣う必要なんかないのに。

頑張ったけれども大して食べられず、チェレスティーノは残りを全部サムエルに譲った。山のようにあった料理を全部平らげると、サムエルは敷物まで綺麗に片づけ、夕食の頃また様子を見に来ると言って、仕事に戻っていった。

だが、一時間後、薬師や学長を連れたサムエルが部屋に戻ると、チェレスティーノは忽然《こつぜん》と姿を消しており、どれだけ手を尽くしても見つからなかった。

第三章　新生活

晴れ渡った青空に海鳥が飛び交っている。風に交じる潮のにおいが物珍しくて、「ちー」――チェレスティーノの魔法人形は鼻をひくひくさせた。

「へんなにおーい」

しっぽをふりふり甲板を突っ切って船縁に摑まり、爪先立ちになって覗いた先には大海原が広がっている。

「ぜんぶ、あおだあ……」

何だありゃという声にびくっとして振り返ると、船酔いしたのか桶《おけ》を抱え蹲《うずくま》っている男がいた。傍にいる船員は介抱してやっているようだ。

「魔法人形ですよ。ほら、赤いリボンをつけているでしょう？　魔法人形が船上にいる間、つけなければならない印です。今回は貴族の船客がいますからね。作るか持ち込むかしたんでしょう」

ちーはしっぽを高く掲げた。そこには赤いリボンが結ばれ、ひらひら風になびいている。乗船パンフレットを見て、買っておいたものだ。

「くふふ」

チェレスティーノはまたしても猫耳しっぽのついた幼な子になっていた。ただし今回は前回のように訳がわからないままなってしまったわけではない。逃亡に備えて術式を改良し、可能な限り魔力を与え、満を持して憑依《ひょうい》したのである！

新式の魔法人形は足取りがよたよたしておらず、力持ちで、大樽《おおだる》だって担げるのに可愛さは据え置きという豪華仕様だ。本当は舌足らずな喋り方も直したかったけれど、もっと大きな躯で作り直さないと無理なようだ。

「んと。こにちは」

よって、どうにも格好のつかない喋り方はそのままだ。

おずおずと笑むと、気分が悪そうな男と船員は一瞬固まったもののぎこちない笑みを返してくれた。どうやら大丈夫そうだ。満足したたちーはそぞろ歩く人々に交じり甲板を探検して回る。

チェレスティーノはサヴェッリ王国からイヴァナ王国へと向かう船、ペトラーク号の上にいた。

サムエルが去った後、妊娠の可能性に気づいたチェレスティーノはすぐさま荷物を纏めると、秘密裏に公爵家に帰り、離れへ向かった。生まれてから一度も踏み入ったことはないけれど、このこぢんまりとした建物に父公爵の飼うオメガが住んでいることをチェレスティーノは知っていた。ヒートのたびにあさましくアルファを誘惑する彼らのことは大嫌いだけど、他にオメガについて詳しくかつ接触可能な存在がいない。

けんもほろろに追い返されるかもしれない。あるいは父公爵にすぐさま密告されるかもしれない。そう思いつつもノックをして裏口の扉を開けると、キッチンで夕食の支度をしていたオメガたちが一瞬動きを止め――大騒ぎを始めた。

「まあ、チェレスティーノ？　あなた、チェレスティーノよね⁉　よく来てくれたわね。待っていて、今、ラーラを呼んでくるから」

　女の一人がスカートをたくし上げ、家の奥へと走ってゆく。ここにいるのはオメガだけなのか、使用人らしい姿はない。

　オメガたちに取り囲まれてしまったチェレスティーノはおずおずと女たちを見返す。彼女たちは皆、素晴らしく美しく、繊細で、か弱そうに見えた。こんな人たちが父公爵に強《し》いられ子を産んでいるのかと思うと空恐ろしいような気持ちになる。

「あの……ラーラって誰ですか？　どうして皆さんは僕の名前を知っているんですか？」

　チェレスティーノの質問に、女たちは顔を見合わせた。

「ラーラはあなたのお母さん——産んだ人よ。私たちがあなたを知っていたのは、暇さえあれば愛しい子供たちの姿を見たくて、日がな一日窓辺で過ごしているからかしら」

　チェレスティーノには彼女たちの言うことがすぐには呑み込めなかった。

　父公爵にとって子供とは、シアーノ公爵家の血を繋ぎより権力を得るための道具だ。そんな父公爵の姿を見て育ったのである。チェレスティーノもそういうものだと思っていたし、オメガたちも同じく自分に親子の情愛など抱いてはいないのだろうと思っていた。

　——でも、愛しい子供たち？

　廊下の奥から足音が戻ってくるとチェレスティーノは無意識に息を詰めた。

　——僕の、本当の母親。

　ばたんという大きな音と共に扉が開くなり飛びついてきた女性は、チェレスティーノと同じ黒髪だった。

「会いたかったわ、チェレスティーノ！　元気にしていた？　ああよく顔を見せてちょうだい。サビーノに連れていかれてしまった時からあなたを思わない日はなかったのよ」

白魚のような手で頬を挟まれてまじまじと顔を見つめられ、チェレスティーノも女性を見返す。

女性はかすかにミルクの甘い香りがした。躯は触れるのが躊躇われるほどにやわらかく、ほっそりしている。

「……っ、ええとあの、ラーラ、さん……？」

「まあやめて、母さまと呼んでちょうだい。私の可愛いチェレスティーノ」

「母、さま……」

ぎゅうぎゅうと抱き締めてくる女性の背に手を添えたチェレスティーノは、おずおずと周囲を見回してびくっとした。女性たちが涙ぐんでいたからだ。哀しいからではない証拠に、彼女たちの口元には子供を慈しむような微笑が浮かんでいる。

この人たち、僕に会えたことを喜んでくれているんだ
オメガなんて汚らわしいとずっと蔑《さげす》んできたのに胸に突き上げてくるものがあって、チェレスティーノはこくりと喉を鳴らした。

もしかしたら、自分はとんでもない間違いを犯していたのかもしれない。

卵の殻《から》が剝がれるように、思い込んでいたのとは違う本当の彼らの姿が見えてくる。もっと話をして誤解していた月日を埋めたかったけれど、残念なことにそんな余裕はなかった。

「母さま、ごめんなさい。今日は教えて欲しいことがあってここに来たんです」

「まあ、なあに？　今までここに一度も足を運んだ試しのないチェレスティーノがわざわざ来たって

ことは、余程大事なことなんでしょうね。私たちにわかることなら何でも教えるわ。どうぞ、聞いてちょうだい」

チェレスティーノを囲む女性たちの表情は好意的だ。多分チェレスティーノがオメガだと知っても父公爵に告げ口したりしない。

そう思っても尚、チェレスティーノは口籠もった。

「……あるオメガが妊娠したかどうかを確かめたいんです。どうしたらいいですか？」

曖昧《あいまい》にぼかしても彼女たちにはどういうことかわかってしまったようだった。

「——まあ、チェレスティーノ、あなた……」

「孕んでいた場合、どうやったらなかったことにできるかも知りたいんですけど」

しばらくの間、誰も何も言わなかった。ラーラも女たちも泣きそうな顔をしている。彼女たちはチェレスティーノがどんな目に遭ったか誰よりも知っているのだ。

「ごめんね。アルファに産んであげられたなら、あなたは誰より幸せになれたのに」

そう吐息に乗せるようにして呟いた母の背中に他の女が手を回す。

「何だい何だい、暗い顔するんじゃないよ！　オメガだからって不幸せになるって決まったわけじゃなし」

「そうさ、しゃんとおし」

何となくこういう時オメガはめそめそ泣くだけなのだろうと思っていたのに、口々に母を励ます。

「それにしても、もう孕まされたかもしれないなんて。一体誰の——なんて、あたしたちが聞いたって仕方がないか。とにかく堕ろすなら、ちょっとでも早い方がいいよ」

「色街に行きなさい、チェレスティーノ。男娼はほとんどがオメガだから、オメガの専門医は男娼楼の近くにいるわ。私がここに売られてくる前にはピーノっていう、口は悪いけれどオメガに親身になってくれる腕のいい医者がいたの。今もいるといいんだけど」

「ついていってやりたいけれど、あたしたちは外に出られないの。医者のところまではアルファのふりをして行くのよ？　オメガだとわかったら拐《かどわ》かされてしまうから」

「チェレスティーノはアルファ並みに背が高いけれど、この美貌《びぼう》じゃオメガだと言っているも同然だわ。顔を隠していかないと」

　チェレスティーノは目をぱちくりさせた。

「美貌、ですか……？」

「ええ、あなたは私がこれまでに見た誰よりも綺麗よ。月の女神だって頬を染めて恋に落ちそう」

　チェレスティーノはぺたりと自分の頬に触れた。不細工ではないと思っていたけれど、オメガに褒めちぎられるほど綺麗だと思ったこともなかったのだ。

　——ううん、待って。ラウルたちが言ってなかった？　地下室から帰ってきてから、何かやたら綺麗になったような気がしてたって……！

「チェレスティーノ、これ、私のだから丈が足りないけど、ないよりはマシだと思うの。よかったら使ってちょうだい」

　話の途中で部屋を出ていった女性が布の塊を抱えて戻ってくる。広げてみて、大きな頭巾がついた外套だと知ったチェレスティーノは頭を下げた。

「ありがとうございます。遠慮なくいただきます」

それを見た女たちが部屋を飛び出していく。

「ちょっと待ってて、まだ行くんじゃないよ！」

彼女たちは屋敷中を掻き回し、金目のものを集めてきた。

「ほら、これも持ってお行き」

「……駄目です、こんなにもらえません……」

「子供が遠慮なんかしないの。ここに居る限りこんなもの持っていたって仕方がないんだから」

堕胎《だたい》をするにも逃げるにもお金が必要だ。いつか帰ってくることがあったら必ず倍にして返すと心に誓うと、チェレスティーノは受け取った。離れを出て色街に向かい、ピーノを探す。

幸いピーノはまだ医者をしており、すぐに渡りをつけることができた。診察の結果は妊娠四ヶ月。アルフォンソはたった一発で、チェレスティーノを孕ませてのけたのだ。

アルフォンソの言っていた通り、王族の血を引く婚外子など争乱の種にしかならない。チェレスティーノはすぐさま堕胎してもらおうと思ったのだけれども。

「うわあああああん！」

「ふわっ⁉」

海を眺め回想に耽《ふけ》っていたちーは火のついたような幼な子の泣き声に我に返った。どうやらこの船には子供も乗っているらしい。

きょときょと辺りを見回して、暇を持て余し甲板をうろうろしている乗客たちの間をぽてぽてと駆け抜け、ちーは乳母らしい女性や船員たちに囲まれた女の子を見つける。

傍に護衛騎士らしき男が二人もついているから結構身分の高い貴族の子だと思うのに、女の子は甲板に大の字になって寝転んでいた。可愛らしいドレスはくしゃくしゃ、かぼちゃぱんつも丸見えだ。くるんくるんに巻いて頭の上の方で二つに結わえた見事な金髪に至っては、今にも崩れそうになっている。

ちーはたたたっと駆け寄ると、ちっちゃな手を膝について女の子の顔を覗き込んだ。

「どうしたの？　ころんじゃった？」

泣き声がやむ。

潤んだ瞳にまじまじと見つめられちーはちょこんと片膝を突くと、手を差し伸べた。

「こにちは。ちーってゆいます。のばらのつぼみのようなれでぃ、おなまえは？」

女の子は固まってしまったまま、返事をしない。

困ってしまったちーが耳を伏せると、乳母らしい女性がコホンと咳払いした。

「お嬢さま」

魔法使いが魂を吹き込んだみたいだった。女の子がぎくしゃくと起き上がり、ドレスの裾が乱れているのに気づいて大急ぎで引っ張る。

「えと、えと、あたし、ブリジッタ」

紳士らしくそっぽを向いて待っていたちーはにっこり微笑んでみせた。

「ぶりじった、しゃま……？　おなまえも、かあいーね？」

力んで泣いていたせいで真っ赤に染まっていた女の子の頬が更に赤くなる。ちーは涙に濡れた頬をハンカチでそっと押さえてやった。

「ぶりじったしゃまは、ころんじゃったの……？　それともだれかにいじめられた……？」

「えええと……」

そわそわするばかりでなかなか口を開こうとしない女の子の後ろでまた乳母が咳払いする。

「お嬢さまは転んでしまわれたのです」

「そっか、だからりぼん、ほどけちゃったんだ」

「リボン……？」

どうなっているか調べようと思ったのだろう。ブリジッタが幼児特有の丸っこい手で触れたらピンが外れ、くるんくるんに巻いた髪が崩れた。ショックだったのかまた泣きそうな顔をしたブリジッタを、乳母が抱き上げる。

「失礼。髪を直して参ります。ちーさま、戻ってきたらまたお嬢さまと遊んでくださいませ」

ちーは長いしっぽを揺らした。

「ん。ぶりじったしゃま、あとでね？」

「ありがとうございます。よかったですね、お嬢さま」

ブリジッタをだっこした乳母が甲板を横切り船内へと消えるなり、固唾《かたず》を呑んでなりゆきを見守っていた大人たちがわっと沸いた。

「助かったぜ！」

「よくやった、ぼーず」

ぱんぱん背中を叩かれ、何が何やらわからないちーは目をぱちくりさせる。

「なあに？　ちー、なんかした……？」

「したとも！　ブリジットお嬢さまのご機嫌を直してくれた」

「ごきげん？」

こてんと首を傾げたちーの傍に、褐色の膚を持つがっしりとした体格の男がしゃがみ込んだ。肩に腕が回される。

「実はな。ブリジットお嬢さまは転んで泣いていたわけじゃねえんだ」

黒い髪に黒い瞳。船員たちと同じように空色の布を頭に巻いているけれど、この男が着ている服は上等だ。よく見れば顔立ちが整っているから、胸元をだらしなくはだけていなければ貴族のようにさえ見えたかもしれない。

「じゃあ、どうしてないてたの……？」

「そりゃ、暑いからお魚さんと水遊びしたい、船を停めろって馬鹿みてーな要求を俺が断ったからだ」

「船長！　そういうことを言うとまた怒られますよ」

そう言う船員もまた笑っている。この人もほっとしているのだ。

「うるせえ、告げ口すんじゃねえぞ？　それよりぼーず、取引しねえか？」

「……とりひき？」

「あのな、あのお嬢さまはカロル公爵家のご令嬢なんだ」

胃が石ころのように小さく押し固められたような気がした。カロルは、サヴェッリ王国に三つしかない公爵家の一つだ。もちろんシアーノ公爵家嫡子であったチェレスティーノとは面識がある。

「カロル公爵はよいお方なんだが、初孫であるお嬢さまを目の中に入れても痛くないほど可愛がっておられてな。この場にいたなら娘の言う通り船を停めろと言いだしかねねえ。まずいことに単調な船旅に早くも飽きちまってお嬢さまはご機嫌斜め、いつまたとんでもない我が儘を言いだすか知れねえって状況だ。だが、お嬢さまはおまえのことが気に入ったらしい。この船のつつがない運行のため、おまえ、お嬢さまの遊び相手になってくれねえか？　礼はちゃんとするぞ。心配なら正式な契約を交わしてもいい。その場合はご主人さまを連れてきてもらわなきゃなんねーが」

ちーはうーんと考え込んだ。船の運航が遅れるのは困る。それにチェレスティーノがどんな魔法人形を持っているかカロル公爵は知らないのだ。つまり、ブリジッタと遊んだところで何の問題もない。

ちーはこっくり頷いた。

「きょーりょく、してあげてもいーけど、けーやくはいらない」

本当は結んだ方がいいが、チェレスティーノ本人が足を運ばねばならないなら却下だ。

「ごほうび、ふねにのってるあいだの、あさひるばんのさんしょくがいいなあ？」

「毎日の飯だあ？」

考え込む船長の腕の中、ちーは頭をこてんと傾けた。

「ちー、ほしにくとぱんかじるの、あきちゃった。……だめ？」

「う」

ぺそりと耳を伏せると、話を聞いていた船員や乗客たちが胸を押さえ固まった。船長も思いっきり唇をひん曲げる。

「くそっ、ちっこいのに随分とおねだり上手じゃねえか！　しょーがねえ、三食食わせてやっから時間になったら食堂に来い。その代わり、下手を打つんじゃねーぞ」

わしわしと乱暴に頭を撫でられる。ついでに耳をむにむに摘まれ、ちーは両手で頭を抱えてやあと鳴いた。

＋　＋　＋

それからイヴァナ王国までのんびりと船旅を楽しむことができた。

あの後しばらくして戻ってきたブリジッタは乳母や護衛騎士だけでなくカロル公爵まで連れていた。ちーを可愛い孫に近づこうとする悪い虫だと思ったらしく、見たことがないくらい怖い顔をして現れた公爵は、猫耳としっぽのあるぬいぐるみのようなちーを見るとたちまち目尻を下げた。

「猫の国の王子さまがいた、一緒に遊ぶのだと言うからどういうことかと思ったが、魔法人形であったか。随分と可愛らしい姿をしているが、チェレスティーノ公子を模したのか？」

チェレスティーノはぎくりとした。

そういえばこの魔法人形は自分が幼くなったような姿をしていたのだった！

「えっと……うんと……」

でも、赤くなった頬を両手で押さえて唸っていると、公爵は実に好都合な誤解をしてくれる。

「そう恥ずかしがらずともよい。チェレスティーノ公子といえば、同性でも見惚れてしまうほど美しいからな。どんな顔にしようと思った時、つい思い浮かべてしまったのであろう。我《わ》が輩《はい》が学生の時はある女優そっくりの魔法人形を作った生徒がいて、教師に怒られておったわ」

どうやらちーはブリジッタのオトモダチ役に合格したようだ。カッカカッカッと豪快に笑う公爵にちーは恭しく一礼する。

それからちーは毎日ブリジッタと遊んで過ごした。ブリジッタはイヴァナ王国に何回も行った経験があり、お茶会ごっこをしながら色んなことを教えてくれた。イヴァナ王国では陽射しがとても強いこと、水遊びしていると色とりどりのお魚さんが寄ってきてとても綺麗だということ、魚料理が豊富で美味しいけれど、パンは平たくて硬くて、パンらしい味がしないこと……。いつもはイヴァナ王国に数日滞在するとサヴェッリ王国に帰るのだけど、今回は数年掛けて世界中を巡る予定らしい。それなら自分のことがサヴェッリに伝わる可能性は低いとちーは胸を撫で下ろす。

船長に三度の食事を保証してもらったけれど、ブリジッタが食事の間も離ればなれになるのを厭がったので、昼食と夕食はほぼ毎日公爵家にお呼ばれされた。

ちーのマナーは完璧、それを見たブリジッタも猫の国の王子さまに呆《あき》れられないよう一生懸命マナーを守ろうとするようになったので、公爵家の面々はちーを煙たがるどころか大歓迎、感謝までしているようだ。

「うまくやってるようじゃねえか、色男」

サヴェッリ王国を出航して一月《ひとつき》が経った頃、食堂で朝食のスープをふうふう冷ましながら食べていたちーが目を上げると、向かいの席に船長が腰を下ろしたところだった。

「いろおとこ……？　ちーのこと？」

チェレスティーノは黒くてつぶらな瞳をきょとんとさせる。

「他に誰がいるってんだ。おまえ、すっかり公爵さまのお気に入りらしいじゃねえか」

ちーは硬すぎるパンをちぎってスープに沈めた。

「ちー、おきにいりじゃないよ。ちー、あんしんなの。『ばんぼーおーとまて』はおとこのことちがって、ぶりじったしゃまとどーこーなるかのーせー、ないもん」

「……意外とわかってんな」

「ねえね、せんちょ。しょれよりいヴぁなのおはなし、して？」

「あと三日もあれば直接見られるのにか？」

「ん。いヴぁなのひとは、ちーみたいにかみがくろいって、ほんとう？」

「おう、そうだな。目も黒いぞ」

「せんちょもいヴぁなのひとなの？」

「俺だけじゃねえ、船員のほとんどがそうだ」

「いヴぁなでは、てーぶるつかわないって、ちー、きいたんだけど、ぺとらーくではつかってるの、どうして？」

「んん？　よく知ってるな。年寄り連中はそうだが、便利だからな。最近じゃあ若者、特に外国で教育を受けた連中は普通に使うぞ？」

サムエルの感覚は年寄り寄りだったようだ。

船長の前にも朝食が運ばれてくる。ちーの倍もある器にはたっぷりスープがよそわれているし、パンなど籠に山盛りだ。

ちーはちっちゃな手を皿の両脇に突いて身を乗り出すと、声を潜めた。

「いヴぁなでは、おめがもいじめられないって、ほんとう？」

ちーでは歯が立たず、スープに浸すより他なかったパンを、船長はばりばり噛み砕く。

「オメガ？　ああ、他国では酷い扱いを受けるらしいな。俺たちはそんなことはしねえ。逆に羨《うらや》ましがるくらいだ」

興奮のあまりしっぽがうねうねしてしまう。

「どおして……？」

「知らねえのか？　アルファやオメガにはな、運命のつがいってのがいるんだ」

「うんめーのつがい……？」

心の中を爪の先で引っ掻かれたようなへんな感じがした。どこかで聞いたことがあるような気がしたけれど、どこで聞いたのか思い出せない。

「アルファとオメガはな、生まれる前に神さまが一対ずつ並べて祝福してくださるんだ。対の相手は一目見れば、あるいはにおいを一嗅ぎすればそうとわかるし、どうしようもなく惹かれ合ってしまうものらしい。だが、神さまはつがいがどこにいるかは教えてくれねえ。運が悪いと、うんと遠国に生まれちまって死ぬまで出会えねえこともある」

いつもは陽気でがさつな船長が淋しそうに遠くを見つめた。

やりとりを聞いていた船員が教えてくれる。

「船長はよう、ずっと運命のつがいを探してんだ。船乗りなら色んな国に行って、つがいを探すことができるからな」

ちーは猫耳をぴるぴるっと震わせた。ということは。

「せんちょって、あるふぁなの……？」

「あ？　まあな」

ええ⁉

ちーは椅子から飛び降りると、船長の周りをぐるぐる回った。

髪は潮風で痛みぼさぼさ、顎にはうっすら無精髭《ぶしょうひげ》が生えていてむさくるしいけれど、よく見ると船長の顔は精悍《せいかん》に整っていた。躯つきも実に立派だ。こんなに大きな船を任せられているのだから、能力もあるに違いない。でも。

「せんちょが、あるふぁ……」

「ああ？　見えねーって言いたいのか？」

船長が凶悪な笑みを浮かべ、ちーの顔を摑む。

「ちー、なにもゆってないのに……！」

丸っこい爪をいくら立てても船長の手は剝がせない。しっぽでぴたぴた床を叩いていたら、他のテーブルで食事をしていた船員が助けてくれた。

「船長、こんなちっさい子に何すんですかっ」

「生意気言うから躾してんだよっ」

わあわあと言い合いが始まるけれど、もちろんどちらも本気ではない。長い航海の暇つぶしにじゃれ合っているだけだ。

サムエルの言う通り、イヴァナ人たちは親切で情に厚かった。見るからにがさつそうな海の男たちも、ちーが一人でちょろちょろしていれば心配して声を掛けてくれるし、食事の時には気さくに仲間に入れてくれる。硬いパンはスープに浸せばいいと教えてくれたのだって船員の一人だ。

人と親しくつきあうことに慣れていなかったチェレスティーノも、今では彼らと立場や身分に拘《こだわ》らず笑い、語り合える関係を心地よく感じている。でも、ペトラーク号はもうすぐアル＝イヴァナ島に到着する。この人たちともさよならだ。

――イヴァナでもいい人に出会えるといいな。それが運命のつがいだったらもっといい。

あれは素敵なお話だった。船員の一人に抱き上げられて席に戻されたちーは、スープでふやけたパンをもそもそ食べながら夢想する。

――ラーラ……母さまは、きっと運命のつがいに出会えなかったんだろうな。僕は死ぬまでに出会えるかな……。

出会えたらいいなとチェレスティーノは思う。ヒートなんかに振り回された結果などではなく、愛し愛されて子を孕み、慈しんで育てることができたらどんなに幸せだろう。

ちーはぽっこり膨らんだ腹に長いしっぽを巻きつけた。その上からそっと両手を当ててみる。

魔法人形であるこの躯のここには何もない。でも、チェレスティーノ自身の胎の中では新しい生命が育ちつつあった。アルフォンソの子だ。堕胎するつもりでいたのに、できなかったのだ。

――どうしてなんだろう。お荷物にしかならないとわかっているのに。

ピーノに服をたくし上げて台の上に横になれと言われた瞬間、チェレスティーノは一歩も動けなくなってしまった。竦んでしまったのだと思った薬師がどうしたと伸ばしてくれた手からも後退《あとずさ》り、チェレスティーノはようやく悟る。自分が、この子を産むより堕胎することの方を恐れているらしいと。

望んでもいない子を堕ろすのは当然だと思っていたのに。

堕胎など歯を抜くのと同じくらい簡単なことだと思っていたのに。

この子を産むのは間違いだってわかっているのに。

——何でだろ。まさか、殿下が僕の運命のつがいだった——？

ないないとチェレスティーノはしたり顔で首を振る。だってチェレスティーノはアルフォンソのことをずっと目の上のたんこぶのように思っていたのだ。

「だってでんか、あたまもかおもからだもよしゅぎて、じゅるい……」

それにもしそうなら、チェレスティーノにはもう死ぬまで本当の意味で幸せになれることはなくなってしまう。

ふっと物寂《ものさび》しいような気持ちに襲われたけれど、ちーは下腹に力を入れてやりすごす。

別に、いい。アルファとつがい、オメガらしく生きる気などない。それに、チェレスティーノにはこの子がいる。ちゃんと育てられるかどうかなんてわからないけれど、チェレスティーノは心の赴くままにしたいと思うようにしてみるつもりだった。父の望むようにではなく。公爵家の利になるかどうかなんてこととも関係なく。

身分を気にせず生きたことのなかったチェレスティーノにとってはそれだけでも心が弾むことで、新生活を楽しみにしていたのだけれど。

＋　＋　＋

大海原のただ中に環状に浮かぶ島々がイヴァナ群島、その中央に浮かぶ一際大きな島が首都のあるアル＝イヴァナ島だ。

　予定通り三日後、逆巻く波に隠れた岩を避けて島々の間を抜けたペトラーク号は、無事アル＝イヴァナ島の港に到着したものの、ちーは船から降りる方法が見つからず右往左往していた。

　乗船する時は夜陰に紛れて簡単にタラップを渡ることができたのに、イヴァナの港には幾つも篝火《かがりび》が焚《た》かれ、ペトラーク号を明るく照らし出している。こっそりタラップや舫《もや》い綱《づな》を渡ることはおろか、海に飛び込むこともできそうにない。もしできたとしてもチェレスティーノは泳げないのだけれども。

　何食わぬ顔で乗客に交じって下船しようかとも思ったけれど、タラップを下りたところで身分証を確認しているようだった。船荷も役人が中身を検めている。

　どうしようどうしようどうしよう……！

　夜が更《ふ》けるまで船内に隠れていれば人気《ひとけ》もなくなって、誰にも見られずに上陸できるかもしれない。

　そう考え階段を下りようとしたちーは、何かにぶつかってぽてんと尻餅をついた。

「えう……」

「おっと悪い、ちーか！　怪我しなかったか？　……って魔法人形が怪我するわけないか」

「せんちょ……？」

　よりによって一番会いたくない人に出会ってしまった。

「公爵さまたちはとっくに下船したっていうのに、何だってまだこんなところにいるんだよ。降りないのか？」

「ひゃ……っ」

　抱き上げられ、ちーはじたばた暴れる。

「おろして……っ」

「んだよ、そんなに厭がんな。これから聞くことに答えてくれたら下ろしてやるから」

ちーの瞳孔が縦長に絞られた。

「しつもん……？　なに……？」

「まず。おまえ、どうして俺と目を合わせようとしねえんだ？」

一瞬頭の中が真っ白になった。

いつもはあんなにちゃらんぽらんなのに、どうしてこの男はこういう時に限って鋭いのだろう！

「べ、べつに、ちー、あわせてゆ、けど……？」

ちーは船長の目をじっと見つめようとした。でも、どうしてもできなくて、ちらっちらっと上目遣いに顔色を窺うという最高に怪しい挙動を取ってしまう。

「ほーん……。それから、下船する前に、おまえのご主人さまを紹介して欲しいんだが」

ちーはいよいよあわあわした。

「どおして……？」

「おまえの主だ。悪いことをするような奴じゃねえと思っているが、公爵家に近づいた人間については一応把握しておかなきゃいけなくてな。まあ、気分のいい話じゃねえからこっそり済ませようかとも思ったんだが、どこをどう調べてもそれらしい人物が見つからねえ」

絶体絶命の危機に耳がぴくぴくする。段々と視界まで滲んできた。

「ちー？　何で泣くんだ？　悪いことしてなきゃ会うくらい何てことねえだろ？　もしかして、おまえのご主人さまは悪い奴なのか？」

ぽろりと頬に零れた涙を、ちーはごしごし拭う。

「ち、ち、ぢあぢもん……っ。ちーはただ……こをはらむためのどーぐになんか、なりたくないから……っ」

船長が固まった。

「…………ご主人さまの話か？」

「えっ？　あ、うん」

「だよな！　ったく、わかりにくい言い方すんじゃねえよ。つか、おまえみたいなちびが子を産む道具とかゆーな。心臓に悪いわ。はー。……そういやおまえ、オメガについて聞いていたな。おまえのご主人さま、オメガなのか？」

ちーはこっくり頷いた。こうなったら船長に協力してもらう以外ない。腹をくくって、ずっとアルファに違いないと思っていたのにヒートが来てオメガだとわかったこと、家族に知れたら好きでもないアルファの子を産まされるに違いないこと、そんな人生を送るくらいなら死んだ方がましだと思っていることを話す。

船長はちーを両手で掲げたままうんうんと聞いていたが、途中から無言になり、最後には項垂《うなだ》れてしまった。ちーが話し終わっても随分と長い間黙っていたけれど、やがて大きな溜息を一つ吐く。

「あー、事情は理解した。匿《かくま》ってやりたいのはやまやまだが、俺の一存でどうこうできる話じゃねえ。できる限りのことはしてやると約束するから、とりあえずご主人さまに会わせてくれ」

厭だと拒否したところで、見つからずに脱出するのは不可能だ。ちーがえぐえぐとしゃくり上げながら廊下の奥を指さすと、船長は長いしっぽをしょんぼり垂らした小さな躯を肩に乗せてくれた。

幾つも階段を下り、船倉に入る。ちょうど休憩時間に入ったところだったのか、広大な空間には誰もいない。

「これか」

元々は干し肉が入っていた木箱を指さすと、船長が鉄梃《かなてこ》を持ってきてちーが苦労して釘《くぎ》づけした蓋の隙間に薄い先端を打ち込んだ。ばきんという大きな音と共に蓋が外れて落ちると、甘い香りが溢れ出す。反射的に鼻を押さえた船長が息を呑んだ。

「……！」

木箱の中には、咲き誇る白い催眠蓮に埋もれるようにしてチェレスティーノが眠っていた。長かった髪は耳の下で切り揃えられている。ずっと陽に当たっていないせいか膚は女たち以上に白く滑らか、力なく投げ出された四肢はほっそりと華奢で、触れるのも躊躇われるくらいだ。

――僕、こんな綺麗だったっけ？

久しぶりに見たからだろうか。あまりの美しさにちーまで鳥膚立った。船長も呆《ほう》けたように箱の中を見下ろしたまま、微動だにしない。

「せんちょ……？」

くいくいとズボンの裾を引っ張ると、我に返ったらしい。船長はさっと周囲に視線を走らせると、眠るチェレスティーノの上半身を起こした。膝裏にも腕を回し、くったりとした躯を抱き上げる。

「急ぐぞ。あんまりのんびりしていると、休憩に行った連中が帰ってきちまうからな」

あえ？と、ちーは首を傾げた。みんなが戻って困るのはちーで、船長ではないのに、どうして急ぐんだろう。

早足に歩きだした船長の後をちーは慌てて追いかける。

「まって、せんちょ。てーちょーにあつかって。ちーね、おなかにあかちゃん、いるの。おとしたら、しんじゃう」

釘でも踏んだのだろうか。船長は一瞬物凄い顔をしたけれど、お願い通りチェレスティーノを丁寧に扱ってくれた。

＋　＋　＋

アル＝イヴァナ島は三時間も歩けば一周できてしまうほど小さいけれど、中央通りはいつも世界中からやってくる人々で賑わっている。中でも大きな商店の前に馬車が停まると、幼い女の子が降りてきた。保護者が降りるのも待たず店の中を覗き込み、大きな声で目当ての店員を呼ぶ。

「ちー！　ちー、いる？」

魔法人形こと『ちー』は、高い天井に届くほど大きな箪笥《たんす》のてっぺん近くではあいといいお返事をした。ちょうど開けていた引き出しの中身を急いで肩から斜めがけにした鞄に入れると、取っ手を足掛かりに梯子も使わず栗鼠《りす》のように身軽に箪笥を駆け下りる。下でリストを読み上げていた店員に、集めたボタンやレースが詰め込まれた鞄を渡すとちーはぽてぽてと女の子のところまで駆けつけた。

「いらしゃいませ、ろーらしゃま」

「ちー——だ——！」

ぺこりと頭を下げたちーを、女の子はぎゅむっと抱き締める。

「ぷきゅっ」

「ローラ。淑女が殿方に飛びつくなんてはしたなくてよ。それに母さまを置いていくなんて哀しいわ」

後から女性店員の案内で入ってきた夫人に叱《しか》られ、女の子は頬を膨らませた。

「だってローラ、ちーに会いたかったんだもん」

ちーが長いしっぽで優しく女の子の手を叩く。

「ろーらしゃま、おくしゃまのゆーとーり、だきついたら、め、でしゅ」

「えー。ちーはローラにぎゅっぎゅされるの、いや？」

「やじゃないけど……ろーらしゃま、かあいいから……ぎゅっぎゅされると、ちー、ドキドキしてこまる……」

もじもじと下を向いてしまったちーに、女の子の頬もぽわんと色づいた。

「母さま、ちーがローラのこと、可愛いって！　後でしっぽにブラシ掛けさせてもらってもい？」

「いい子にしていたらいいわよ」

苦笑する夫人に女性店員が恭しく一礼する。

「ご来店ありがとうございます、奥さま。ちょうど火の山から炎のように煌《きら》めく大変珍しいビーズが入荷したところです、ご覧になってみませんか？」

ちーと揃いのデザインのお仕着せを着た女性定員は、ブレイズ《三つ編み》にした長い黒髪を頭頂部で大きなお団子に纏めていた。サヴェッリ人の感覚では奇抜すぎる髪型だけれど、ここイヴァナ王国では普通だ。

「そうね、見せてもらおうかしら。でも今日は私じゃなくて、この子の誕生日会に着るドレスを仕立ててもらおうと思って来たの」

そう言うと、夫人は大きな溜息をつく。

「ちーちゃんがこちらの店で働き始めてから、癇《かん》が強くてとても他所《よそ》さまの前には連れていけなかったローラがすっかり淑女らしくなってとてもありがたいと思っているのだけど、ちーちゃんに会いたいがために毎日のようにドレスをねだられるのには困ってしまうわ」

夫人についた店員――名をカミナという――が苦笑する。

「申し訳ありません。ちーはローラさまを最高に可愛らしくしたいだけで、そんなつもりはないと思うのですが」

「わかっているわ。そうでなかったらローラにどんなにねだられたって他の店に行っているところよ」

耳をピクピクさせて大人たちの会話に聞き耳を立てながら、ちーはローラをソファに座らせ、自分は床に膝を突いた。

顧客のほとんどはチェレスティーノより身分が低い。おまけにほんの子供だったけれど、ちーは彼女たちをお姫さまのように大切に扱うことにしている。

だって、彼女たちは可愛い。ちーを見るときらきらの笑顔を見せてくれるし、全身でちーを好きだと表現してくれる。それは親の愛情さえろくに感じられない環境で育ったチェレスティーノには何とも嬉しく、愛おしく感じられた。それに注文が取れるたび、皆が褒めてくれるのだ。これくらいできて当然だなんて誰も言わない。

今日も安くはないドレスを注文してもらうことができた。親子の乗った馬車が見えなくなるまで見送ってから店に戻ると、先刻までローラたちが座っていた応接スペースに、顎の先に届く長さのある髪を頭の片側に垂らした三十歳ほどの男がいた。ちーが来たのに気がつくと本日分の伝票を置き、ばちこんと片目を瞑ってくれる。

「お疲れさま、ちーちゃん。今日の注文で今月の目標は達成よ。あなたが来てからこの部門の売り上げはうなぎ登りだわ。またボーナスを弾んであげなきゃいけないわね」

オレクという名のこの男がこの店の店長だ。正真正銘男性なのだけれど、子供の頃は女の子として育てられたらしい。だから今でもドレスが大好きで、気の置けない人しかいない場では女性のような話し方をする。それでいて柄の悪い人たちが店に乗り込んでくるとその辺の男性よりずっと男らしい勇姿を見せてくれる店長が、チェレスティーノは大好きだ。

「ちー、いちにちにひとくみかふたくみのおきゃくしゃまとしかおはなしできてないのに……？」

「小さな女の子用のドレスが毎日売れるなんてこと、普通はありえないのよ？　おまけにちーが接客した小さなお客さまたちは必ずまたうちに来てくれるし、可愛い店員がいるって噂が広がったおかげで他の部門の売り上げも上がっているの。あなたを紹介してくれたエドムントには大感謝だわ！」

エドムントとはチェレスティーノが密航した船、ペトラーク号の船長の名だ。

てっきり密航したことを罪に問われるかサヴェッリ王国に送り返されるかするものだと思っていたのに、船長は何と、誰にも何も言わず匿ってくれたばかりかこの店で働けるよう取り計らってくれたのだ。

「さ、今日はもうあがっていいわよ」

「てんちょ、ありあと、ござましゅ。おつかれしゃま、でしゅ」

ひらひらと手を振る店長に丁寧に頭を下げると、ちーは店の奥へ着替えをしに行った。上下一繋ぎになった頭巾つきのロンパースのような私服は、試用期間が終わった時に店長がプレゼントしてくれたものだ。足を入れよいしょと引き上げたら、お尻に開いたスリットからしっぽを引っ張り出し、前に並んだボタンを留めればできあがり。頭巾には猫耳を入れる猫耳までついている。

賑わう通りをぽてぽて歩きながら、ちーは鮮やかな色のお魚や果物といったものを買い込んだ。途中で通りを曲がり、密林の中へ伸びる獣道のような小道を往くと、やがて海に面した崖の上に建つ五棟の長屋が見えてくる。公にはされていないけれど、ここは国がオメガのために用意した施設でオメガしか住んでいない。稀《まれ》にすれ違うアルファは誰かの身内かつがいだ。

ちーと書かれた名札のついた部屋の扉を開けると、えうーと嬉しそうな赤ちゃんの声が響いた。三《み》月《つき》ほど前に生まれたチェレスティーノの可愛い王子さま、ニーノだ。

低い寝台の上でクッションに寄りかかり赤ちゃんをだっこしていたチェレスティーノがよっこらしょと立ち上がる。今日はもうお終いと魔力の供給を止めると、ちーは動かなくなった。ただのぬいぐるみと化したちーの前にニーノを下ろしてやると、ご機嫌で抱きつく。身軽になったチェレスティーノはちーが買ってきたばかりの魚や果物を取り、夕食の支度を始めた。

イヴァナに来た当初、チェレスティーノは、部屋なんか余っているし航海で留守のことが多いから使ってくれという言葉に甘え、船長の家に居候させてもらっていた。居心地はとてもよかったのだけれども、ニーノが生まれて落ち着くなり船長が、『一目見た瞬間にびびっと来た。おまえは俺の運命のつがいに違いない、うなじを噛ませてくれ』と言いだしたので、引っ越さざるをえなくなった。チェレスティーノはまったく船長にびびっと来なかったからだ。

幸い船長は力尽くでチェレスティーノに言うことを聞かせるような糞野郎ではなく、この長屋を紹介してくれたばかりか、保証人にもなってくれた。

「いい人、なんだよね……」

起きている時も魔法人形を操作できるよう調整し、子守をしながら働けるようにしたけれど、育児も家事も仕事も全部一人でするのは大変だ。チェレスティーノには段々と船長がいい人どころか聖人のように思えてきた。

自分で作る食事は美味しくないし、手が回らないせいで部屋は散らかる一方だ。おまけにニーノは一時たりとも目を離せない。船長の家では毎日美味しいご飯が食べられたし、何かする時はニーノを見てもらうことができたのに。

ニーノは世界一可愛いくて、にぱっと笑ってくれれば仕事の疲れも吹っ飛ぶけれど、やっぱり育児は大変で時々爆発しそうになる。そういう時、カミナにたまにはご飯でもどお？　と誘われて、ちーは仕事終わりに街に飲みに繰り出して発散することを覚えた。

カンパーイ！　とゴブレットを打ち合わせるちーの前に座っているのは大抵イヴァナ王国特有の色鮮やかな一枚布のワンピースに着替えたカミナと上着を脱いでベストとシャツだけになった店長だ。

「んーっ、仕事終わりの蜂蜜酒は美味しいわねえ」

「うい」

幼な子のような魔法人形がゴブレットを呷る姿に、周囲の視線は釘づけだけれど、ちーが飲んでいるのは蜂蜜檸檬《レモン》水だ。

お酒こそ飲めないものの――多分ニーノの世話をしているチェレスティーノまで酔っ払ってしまう

――皆とお喋りして美味しいものを食べるのは楽しくて、時々ラウルたちと友達になれていたら学園生活もこんな風に明るく賑やかなものになったのではないだろうか、なんてことを考えてしまう。あれはあれで魔法学に打ち込めてよかったと思ってはいるけれど。

「知ってる？　エドムントがまた航海に出たこと」

「あい。せんちょ、むだになるからって、のこったしょくざいもってきてくれたの。せんちょ、やさし」

カミナが呆れた声を上げた。

「振られたっていうのに、エドムント船長ってばマメですね」

「諦めてないからでしょ」

「⁉」

ぴこんと耳を立て目をまん丸にしたちーの額を、店長が軽く弾く。

「当たり前でしょ。若いのに見知らぬ地で一人きり、赤ん坊を抱えて生きていくのがどれだけ大変かなんて私でもわかるわ。そのうち絶対誰かに頼りたくなる。せっせと貢ぎながらエドムントはその時を待ってんのよ」

姑息《こそく》だ。

「せんちょ、やさしく、なかった……？」

運ばれてきた料理を摘まみながら、店長とカミナが顔を見合わせる。

「あら、エドムントはいい人よ？　大抵のアルファは有無を言わせずがぶり、でしょ？」

「んむー」

陽焼けしているからわかりにくいが、目元を赤くしたカミナがテーブルの上に肘《ひじ》を突いた。

「ねえ、ちーくん。言いたくなかったら言わなくていいんだけどさ、ちーくんの王子さまって父親、誰？　子供まで作っておいてご主人さまをつがいにしてくれなかったのはどうして？」

店長も身を乗り出してくる。

「それ、私もずっと聞きたいと思ってたのよね。その辺の事情ってイヴァナまで来たことと関係あったりする？」

ちーは目を伏せ、大して減っていないゴブレットの中を覗き込んだ。

アルフォンソ。

麗しの王子さまの顔を思い出すだけで、今でも泣きたいような気分になる。

「えと、ちー、おめが。チチオヤ、はじめてひーとになったちーのふぇろもんにあてられただけ。つがいとかむり……」

カミナが天を仰いだ。

「ああー、そういうこと……」

「事故だったとしても、子供を作ったのは自分なんだから援助くらいしてくれてもよさそうなものだけど」

ちーは弱々しく首を振る。

「しゅくえんのよるだったから、ちー、かめんつけてたの。おーじしゃま、あいてがちーだってこともしらない」

「王子さま⁉　ニーノちゃんって本物の王族なの⁉」

「ふわっ⁉」

ちーは両手で口を押えたけれど、もう遅い。店長とカミナが料理そっちのけで詰め寄ってきた。

「サヴェッリの王子さまといったら、オズヴァルド殿下か、アルフォンソ殿下よね？　確かそれ以外はまだ子供だったはず」

「オズヴァルド殿下はワイルド系で、アルフォンソ殿下は優しそうな麗人なんでしょ？　どっちも素敵よね。あ、でも、初めてヒートを迎えたちーくんに乱暴したんだから、素敵ってことはないか。むしろ結構な糞野郎……？」

くそやろう？　アルフォンソが？

ちーはきっとなった。

「おーじしゃま、くそやろーじゃないもん。しゅっごくきれーで、どりょくかで、ちーにまできづかってくれるじんかくしゃで……いーひとなのに……、しゅっごくしゅっごくいーひとなのに……」

どうしてだろう、視界が滲む。カミナと店長の目元が緩んだ。

「あら、まあ。ちーちゃんはその人が好きだったのね」

「⁉　ちー、おーじしゃまのことなんて、しゅきじゃないよ……？」

「ちーくん……」

「ほんとにほんとにしゅきなんかじゃないもん……っ」

否定すればするだけ胸が締めつけられるように苦しくなり、ぽろぽろと涙が零れる。店長とカミナの眼差しがますます優しくなった。

「そっかそっか、好きじゃないのか」

「それなら、ちーちゃん。エドムントとつがうってのはどう？」

「はえ⁉」

ぴきんと固まったちーに二人は熱心に勧める。

「見た目こそむさくるしいけど、あれでエドムントってばいい男なのよ？　責任感もあるし、優しいし。マメだから子育てだって手伝ってくれるわ、きっと」

確かにエドムントは同居していた頃、よくニーノのおむつを替えてくれた。

「金だって唸るほど持っているから、航海の間はきっと子守りやお手伝いさんを雇ってくれるわ。子供が大きくなったら、隣国の学校に入学させてくれるかも」

イヴァナ王国には王立学園のような教育機関はない。子供たちは教会で読み書きと簡単な計算を覚えたら働き始める。もっと上の教育を望む者は家庭教師を雇うか、他国の学校へと入学する。現在のチェレスティーノの経済状態ではとてもそんなことはできないけれど。

「で、で、でも……」

「いいじゃない。ご主人さまのうなじにはまだ誰の咬《か》み痕も刻まれていないんでしょ？　今なんてまだまだ序の口、これからもっともっと子供に手が掛かるようになるわよ？　好きな人と一緒になれる可能性があるなら別だけど、好きだって言ってくれる男《アルファ》がいるんなら生活のために一緒になるのも手よ？　その方が子供だって幸せになれるかも」

「しょれってずるくない……？」

チェレスティーノは船長が好きなわけではないのだ。運命も感じていない。

「ずるいと思うならエドムントに優しくしてやればいいのよ。貴族だったのなら、わかるでしょう？　結婚なんて好きってだけでするもんじゃないって」

オレクの言うことは正しい。

婚姻はもっとも利をもたらしてくれる人とするものだ。気が合わなくても容姿が好みでなくても関係ない。クラスメートたちも親が決めた相手と婚約していた。

オメガに生まれたらもっと酷くて、下手をしたら本人に通知されることさえなく物のようにやりとりされる。そう考えれば、エドムントはまったくもって悪い相手ではなかった。随分と年上だが、その分稼ぎがよく、顔も悪くない。何より善人だ。ニーノの父親役として願ってもない相手なのではないだろうか。

「いくら好きでも、王子さま相手じゃどうしようもないって、ちーちゃんもわかってるんでしょう？オメガによるハニートラップにはどこも厳しいし、下手をすれば消されるかも」

店長の言葉の一つ一つが胸に刺さる。でも、どうしてこんなつらい気持ちになるんだろう。アルフォンソのことなど好きじゃないのに。最初からつがいになりたいなんて思ってなかったのに。

――それは本当？　それじゃあどうしてオズヴァルド王子は突っぱねられたのにアルフォンソには抗えなかったの？　重荷になるに決まっている赤ちゃんを殺すことができなかったのはなぜ？

「う……」

考えるまでもない答えからチェレスティーノは目を逸らした。

だってコトが終わった後、あの人は塵《ごみ》でも見るような目で自分を見たのだ。子供のことだってあの人は騒乱のタネ程度にしか思っていない。そんな人のことを自分が好きになるわけない。

顔をくしゃくしゃにしたちーを、カミナが自分の膝の上に座らせる。

「よしよし、泣かないの。大丈夫よ」

ハンカチで顔を拭いて蜂蜜檸檬水をもう一杯もらってくれた上に食後の甘味まで注文してもらい、ちーは鼻をぐしぐし言わせながらも干し果実が練り込まれた焼き菓子を頬張った。店長がちーの頬から菓子屑を摘まみ上げる。

「前々から思っていたんだけれど、ちーちゃん、あなた、自立式の魔法人形じゃないでしょ？」

頬をパンパンに膨らませたちーが店長の顔を見上げた。

「へ？　店長、それはどういう……」

怪訝そうなカミナに店長が説明する。

「この子、『ちー』って自分のことだけでなくご主人さまの話をしている時にも使っているの。最初は魔力で繋がっているから彼我の境目が曖昧なのかなと思ったけど、多分、この子がご主人さまでもあるのよ。この子にご主人さま自身が憑依するみたいにして動かしているの。違う？」

ちーは視線をうろうろと彷徨《さまよ》わせた。それが答えだった。

「ぜ……っんぜん気づかなかった……っ」

テーブルに肘を突いて頭を抱えるカミナに、店長が優雅に微笑みかける。

「カミナは魔法について学んだことがないんだから仕方ないわよ」

「てんちょ、まほー、ならったことある……？」

イヴァナでは外国まで行かなければ高い教育を受けられない。魔法学を学んだ経験があるなら店長は相当にできがよく、経済的にも豊かだったのだ。

「この島は小さいでしょう？　探せば身内に一人や二人貴族がいるし、向こうもできのいい子がいたら教育を受けさせて臣下として召し上げたりするのよ。場合によっては養子にして跡を継がせることもある。私はライバルに敗れて養子になることはできなかったんだけどね」

ちーはまじまじと店長を眺めた。言われてみれば、店長は些細な仕草も洗練されており品があった。

「ちーの『ばんぼーおーとまと』ね、とくべつせーなの。みせばんもおまかせ、にーのをねかしつけるときのぬいぐるみやくもかんぺき」

「そうだ、ニーノくん！　赤ちゃんのうちに一度くらい会わせて欲しいんだけど」

「ん。いつがいーい？」

「え⁉」

「ちー、これからでもいーよ……？」

これまでちーはご主人さまが厭がるからと嘘を言って、赤ちゃんのほっぺに触りたい、ミルク臭いにおいを嗅ぎたいという二人に家の場所さえ教えずにきた。本当は、厭だからなんかじゃ全然ない。会わせられなかったのだ。

シアーノ公爵家の血は濃い。どんな髪色や瞳の色のつがいを迎えても、必ず黒髪黒目の子ができる。だからてっきり自分の子もそうなることだろうとチェレスティーノは思っていたのだけれど、ニーノの瞳はサヴェッリの王家にしか発現しない金眼だった。

でももう二人は自分の相手が王子さまだと知っている。隠す必要はない。

会計を済ませると、ちーは長屋へと二人を案内した。

店長とカミナが部屋の前まで来ると、チェレスティーノはニーノを抱き上げ玄関まで出迎えに行く。扉が開かれて灯《ともしび》に照らし出されたチェレスティーノを見るなり、店長とカミナは腰を抜かした。

＋　＋　＋

気温が最も高くなる昼下り。イヴァナ人は体力の消耗を抑えるため昼寝をする。外国人の中には構わず買い物に来る人もいるから店は開けているけれど、この時間帯に客が来ることは少ない。

その日も客が一人もおらず、ちーは今のうちとばかりに細々《こまごま》とした雑用を片づけていた。店長とカミナは接客用のソファでぐでっとしている。

「それにしてもちーちゃん、綺麗だったねえ」

頰杖を突いてぽーっとしていた店長がうっとりと呟き、ちーは眉をハの字にした。飲み会の後、初めて本体《チェレスティーノ》と顔を合わせてからこの二人はチェレスティーノを賛美するのをやめない。

眠そうに肘掛けにもたれかかっていたカミナもむくりと躯を起こす。

「あれは衝撃でしたよね！」

「オメガって儚《はかな》い系の美人ばかりだけど、次元が違ったわ。膚なんて蜂蜜入りのミルクみたいだし、男の人なのにふわっといいにおいがして……あれはヤバい」

「ですよねっ。エドムント船長の話を聞いていなかったら、私もびびっとキたって誤解しちゃってたかも。王子が魅了されたのも納得ですっ」

ちーは鼻に皺を寄せた。

「ちー、かめん、してたんだよ……？」

姿を見て魅了されたわけではない。におい に悩殺されただけだ。

「あっ、そうだったっけ。でも、見たら絶対魅了されていたに違いないと思う」

「ちー、おーじしゃまとごがくゆー。でもべつに、みりょーなんてされてなかったとおも……」

カミナが目を剝く。

「んん？　王子さまとご学友？　ってことは、ちーくんは王立学園生!?」

「サヴェッリの超エリート校じゃない！」

ちーは普段、ちゃんと持ち上げているしっぽを落とした。

何かちー、この二人と話すたび、失言しまくってる……？

「んんんっ、もー、ちーのおはなしはおしまい。ちーね、てんちょにおてつだい、おねがいしたいの。いい？」

「ん？」

「お手伝い？」

二人が居住まいを正した。

「あら、何かしら。またニーノちゃんと遊ぶのを許してくれるなら、何だって協力してあげるわよ？」

ちーは二人の向かいのソファによじ登ってちょこんと腰掛けると、しっぽの先をそわそわ揺らした。

「ちーね、せんちょに、こーかいからもどったら、いっしょにごはんいこってさそわれたの」

現在エドムント船長はイヴァナにいない。ペトラーク号と共に大海原の上だ。それなのにどうして食事に誘うことができたのかといえば、海鳥の形の魔法人形が手紙を届けてくれたからだった。

店長が身を乗り出す。

「あら、まあ。船長とつがう気になったの？」

ちーはふるふると首を振った。

「つがわないけど、ちー、せんちょにおせわになってるもん。ごはんくらいつきあってあげないと、わるくない……？」

密航を見逃してもらった上、仕事まで世話してもらったのである。下心があるとわかったからといって、食事の誘いを断ることなどできない。

「ちーちゃん。そういう仏心が身を滅ぼす元になるってわかってる？」

「うう……でも、ちゃんとちゅーいしてるし……おみせもせんちょ、ちーのいきたいとこでいーって。てんちょ、どこがいーとおもう……？」

ペトラーク号に乗っている時の船長は船員たちと平気で笑い合い、同じ粗末なスープを飲み、固いパンを齧っていた。その時の印象を信じるのであれば大衆食堂あたりを選ぶべきなのだろうけれど、アル＝イヴァナ島でチェレスティーノを居候《いそうろう》させていた頃の船長は、それこそシアーノ公爵家で出てきてもおかしくないくらいいいものを食べていた。チェレスティーノの気を引くためかもしれないけれど食べ慣れていない風ではなかったから、船に乗っている間は無理して周囲に合わせていたのかもしれない。それならば高級レストランを選ぶべきなのだろうけれど——どっちが正しいのかわからない。どちらにも違う美味しさと楽しさがあるとチェレスティーノは思うからだ。

「なるほど。大衆食堂か高級レストランか、ですか」

それは悩ましいですねとカミナは考え込んだけれど、店長に迷いはなかった。

「どっちでも綺麗な方のちーちゃんが一緒なら喜ぶと思うわよ」

「うー」

「本当のことなんだから眉をハの字にしないの。まあ、エドムントが一番喜ぶのは大衆食堂でも高級レストランでもないけど」

ちーの猫耳がふるんと揺れる。カミナも目を瞬かせた。

「せんちょがいちばんよろこぶの、なに？」

「後学のために私もお聞きしたいです」

店長がにんまりと笑う。

「そんなの決まっているじゃない。ちーちゃんの家で、ちーちゃんの手料理をご馳走になることよ」

なるほどとカミナは手を打ったけれど、ちーは猫耳を萎れさせた。

「あらまあ、ちーちゃん？」

「ちーのごはん、あんまりおいしくない……」

「別にそんな難しいもの作らなくていいのよ。海老や貝を焼いてお皿に並べただけでもエドムントなら飛び上がって喜ぶと思うし。何なら、絶対失敗しないシチューの作り方、教えてあげましょうか」

それならニーノを他に預ける必要はないし、店に行くよりくつろげるかもしれないけれど。

「せんちょ、ごかい、しちゃわない……？」

店長は返事をせずうふんと笑う。

+　+　+

船長をどうやってもてなすべきか悩んでいたある日、何となく躯が怠いと感じたちーは纏まった休みが欲しいと店長に申し入れた。

妊娠している間は排卵が止まり、ヒートも来ない。でも、出産が終わり再び妊娠が可能となればオメガの躯はまた定期的にアルファを誘惑し子種を搾《しぼ》ろうとする。生殖のための生き物だといわれる所《ゆ》以《えん》だ。

同じ失敗は繰り返さない。

ヒートが来たら一歩も外に出ないで済むよう食料を可能な限り買い込んで長屋に運ぶ。腕がいいと評判の薬師を訪ねて抑制剤も買った。これを飲めばヒートが軽く済むらしい。代わりに気分が悪くなると言われたが、外に彷徨い出てアルファ漁りをしないで済むならそれくらい何でもない。

すっかり準備が調ったことに満足して寝て起きたら部屋の中にむせかえるような甘いにおいが立ち籠めていた。間違いない。ヒートが始まったのだ。

船長が帰ってくる前でよかったと思いつつベッドを出ると、チェレスティーノは既に目覚めてもぞもぞしていたニーノに乳を与えおむつを替えた。それからもらった薬を飲んでベッドに戻る。たっぷり寝た後なのにすぐ眠気に襲われ、チェレスティーノは眠りに落ちた。

+

+

+

——赤ちゃんの泣き声が聞こえる。

夢現《ゆめうつつ》の中、他人事のようにそんなことを考えていたチェレスティーノは、声の主がニーノだと唐突に気づき飛び起きた。

酷く躯が重く、吐き気がする。陽射しの角度から見て、もう午近《ひる》い時刻らしい。

寝ていたがる躯を引きずるようにして子供部屋に行き、胸元をはだける。ニーノを抱き上げると、泣きながら胸に吸いついてきた。自分が目覚めるまで一体どれだけの間お腹を空かせて泣いていたのだろう。

——ごめんね、ニーノ。ごめん……。

んっくんっくと乳を吸う我が子の頭を見ていたら何だか哀しくなってしまい、涙が出てきた。

こんなことでニーノをちゃんと育て上げられるのだろうか。

乳を飲み終わったニーノの背中をぽんぽんと叩いてげっぷをさせ、ベッドに戻る。毛布の下で躯を丸め目を瞑ってみたけれど、睡魔はなかなか訪れない。胎の中が切ないのだ。

何度も何度も寝返りをうつ。ふっとアルフォンソのことが頭に浮かんだ。今、何をしているんだろう。自分のことなどもう忘れてしまっただろうか。

目を閉じれば思い出してしまう。折に触れお茶を飲まないかと誘ってくれたこと、やわらかな声、風に揺れる長い髪を掻き上げる仕草を。

——あ、駄目。泣く。

拳で目元をぐいぐい擦ると、チェレスティーノは足の間に手を伸ばした。勝手に溢れてきた蜜でとろとろになっている場所にそっと指を入れてみる。

「……っ」

刺激を欲しがっていた場所はそれだけで甘くひくついた。こくりと喉を鳴らすと、チェレスティーノはぎこちなく指を動かす。

「……っ、……っ」

熱っぽい吐息と淫猥《いんわい》な水音が静かな室内に響く。

淫欲に耽っていればアルフォンソのことを考えずに済むと思ったのに全然駄目だ。それどころかアルフォンソの指はもっと長くて奥まで届いた、なんてことを考えてしまう。それから躊躇いなくチェレスティーノのイイ場所を責め立て、時には抉《えぐ》るようにして感じさせてくれたとか、最後にはもっと太くて硬いモノを挿れてくれて、それに奥を突かれた時の快感ときたら凄かった、もう一度味わいたい、とか——。

ぎゅうっと目を瞑り、チェレスティーノは突き上げてくる衝動に抵抗する。

ニーノのためにも強くあらねばならないのに、ぽたりと涙がシーツを濡らした。

アルフォンソなんて、大嫌いだ。

チェレスティーノは泣きながら指を動かす。アルフォンソに触れられた時は恥ずかしいほど簡単に極めてしまっていたのに、なかなか達することができない。焦《じ》れったさにおかしくなりそうになりながら前も扱《しご》いてようやくイくことができたけれど、チェレスティーノを待っていたのは更に酷い渇きだった。

足りない。もっと欲しい……！　もっともっともっと……！

休む間もなく指を動かす。二度目は更に長い時間を要した上、やっぱり満足を得ることはできなくて。

――もう――厭だ……。

楽になれないとわかってても己を慰めずにはいられない。惰性のように中を弄《いじ》っているうちに寝落ちしたらしく、またニーノの泣き声で目を覚ましたチェレスティーノは、酷い眩暈《めまい》と怠さにふらふらしながらベッドを出ると、蜜でかぴかぴになっていた手を洗いに行った。ついでに顔を洗うと、閉め切った窓の隙間から漏れ入る陽光に目を細める。ヒートが終わるまでこんなことを繰り返さなければならないのかと思うと気が遠くなりそうだった。

――つがいさえいれば、こんなにつらい思いをしなくて済むのだろうか。たとえば船長にうなじを噛ませてあげれば、二度と会えないあの人のことを考えずに済む？

胸がきゅうっと締めつけられるように苦しくなり、チェレスティーノはその場にしゃがみ込む。

ニーノが呼んでいる。行かなければいけないのに、動けない。

＋　＋　＋

ヒートが終わると、チェレスティーノは海上の船長に手紙を送った。帰国したら、家に来てくれ、食事を振る舞うというものだ。

別につがいになると決めたわけではないけれど、店長に絶対失敗しないシチューの作り方を習って何回も練習した。部屋も片づけて自分では飲まないお酒も買った。

――つがいを得ればヒートを楽に乗り切れるなんて考えてないから。船長が一言言えば自分とニーノは自由を失うことになるからご機嫌をとるだけだから！

胸の中で誰に言う必要もない言い訳を繰り返し満を持して迎えたその日、料理の準備をしていたらニーノがぐずりだした。タイミングよく外が騒がしくなったので、チェレスティーノはニーノを連れて外に出る。

ニーノをあやしがてら港まで行って、船長と会えたら一緒に帰ってくるつもりだった。

でも、船の甲板にはサヴェッリの貴族であろう出で立ちの男たちがいて。そのうちの一人はあろうことかアルフォンソのように見えて。

気のせいだと思ったけれど、金の眼がこちらを見ているような気がした。

――まさか、ね。

心臓がバクバクして冷たい汗が浮いてくる。もしあれがアルフォンソだったとしても、頭巾を目深に被った自分の顔が見えるわけないけれど、用心するに越したことはない。チェレスティーノは走って家に戻ると、ニーノを深い籠の中に下ろした。

「あーう？」

「ごめんね、ちょっと待っていてね」

間違いなら戻ってくればいいだけのことだ。食事の時間が遅れたくらいで船長は怒りやしない。チェレスティーノは床下に隠していた金貨や高価な装身具を取り出し、肩から斜め掛けにできる大きな鞄にしまった。続いてニーノのおむつや玩具、残っていた抑制剤に着替えなど、必要と思われるものを突っ込んでゆく。あとは何を入れたらいいだろうと室内を見回したところで扉が吹っ飛び、サヴェッリ風の騎士服を着た男が三人、室内に雪崩れ込んできた。チェレスティーノは反射的に魔力を練る。

「海を渡る風、その眷属よ――むぐっ」

だが詠唱が半分も終わらないうちに新たに入ってきた男が殴るような勢いでチェレスティーノの口へと手を伸ばした。乱暴に口を塞がれたチェレスティーノの躯が仰け反り、後頭部が壁に打ちつけられる。

「んーっ」

「久しぶりだね、チェレスティーノ」

自分の口を塞ぎ壁に押しつけている男の顔を見たチェレスティーノは凍りついた。

アルフォンソだ。アルフォンソがいる……！

久しぶりに見たアルフォンソは随分と躯の厚みが増していた。顔つきも見ちがえるほど大人びている。そんな場合じゃないのに見惚れてしまい、チェレスティーノは涙ぐんだ。まるで、会いたくて堪らなかった人にようやく出会えたみたいに、アルフォンソの顔から目を離せない。

……でも、この人はオメガが嫌いなんだ。

「手を離すけれど、魔法を使っては駄目だよ。わかった？」

口調だけは穏やかに命じられ、チェレスティーノはこくこく頷いた。穏やかな顔しか知らなかったけれどさすが王族というだけあり、アルフォンソの言葉には抗いがたい力がある。

言葉通り痕がつきそうなほど強く顔を押さえつけていた手が消えると、チェレスティーノは深呼吸した。

「さっきまで船の上にいたのに、一体どうやって」

「港から見えたから、船から飛び下りて追ってきた」

「え、怖……」

つまり魔法を使って港に跳躍し、ついてこられた護衛騎士だけを連れて追跡してきたというのだろうか、この人は。

チェレスティーノの呟きにアルフォンソが眉を顰める。

「そういうチェレスティーノは髪をどうしたんだい？　綺麗だったのに随分と短くなってしまっていて、目を疑ったよ」

アルフォンソの指が耳の下で切り揃えられた黒髪を梳く。

「魔法人形の強化に使ったんです。どうせガタガタになってましたし」

オズヴァルドのせいで。

「そうか……子猫ちゃんもいるんだね。懐かしいな。彼の顔も後で見せてもらうとして、チェレスティーノはどうして私たちを見るなり逃げだしたんだい？」

「どうしてって……」

何かおかしいと気づいたチェレスティーノは全力で頭を働かせた。アルフォンソの姿を見た瞬間、祝宴の夜のオメガが自分であることも、勝手に子を産んだこともバレたのだと思った。でも、どうもそういうことではないらしい。チェレスティーノは慎重に探りを入れる。

「殿下こそ、どうしてイヴァナに」

「急に消えた君を捜しに来たに決まっているだろう？　学園の皆も誘拐されたに違いない、酷い目に遭わされていやしないかと心配していたのに……私を見て逃げたということは、君は君の意志でここにいたんだね？」

つまりアルフォンソはいまだにあの時のオメガの正体に気づいていないのだ。それならうまく誤魔化すことができるかもしれないと思ったけれど、ここでニーノが泣きだした。

「うえええええん」

部屋の隅に置かれた深い籠から頭だけ覗かせた赤子に気づいていなかったらしい。アルフォンソが目を瞠《みは》る。

「金の瞳……！」

まずい。

チェレスティーノはニーノに駆け寄ろうしたけれど、瞬時に伸びてきたアルフォンソの腕によってまた壁へと縫い止められてしまった。

「チェレスティーノ、紹介してくれないか？　この子は誰だ……？」

どう答えたら一番いい結果を引き出せるのだろう。必死に考えを巡らせていると、騎士が籠ごとニーノを運んでくる。ニーノの顔を見たアルフォンソの視線が確信を得たかのように強くなった。

「君に似てるな」

アルフォンソが室内に視線を巡らせ、荷造り途中だった鞄に目を止める。

「それは？」

騎士の一人が鞄をひっくり返して中身をぶちまけ、雑多なものの間から薬の袋を拾い上げた。

「殿下、オメガの抑制剤です」

アルフォンソの金眼の輝きが更に強くなる。

「やっぱり君はオメガだったんだね、チェレスティーノ」

チェレスティーノは愕然《がくぜん》とした。

やっぱりってどういう意味？

「その子は君が産んだのかな？　父親は誰なんだい？　兄上か？」

気がついた時にはチェレスティーノの拳がアルフォンソの頬を捉えていた。

「貴様！」

騎士たちが血相を変え殺到する。チェレスティーノは乱暴にアルフォンソから引き離された上、筋骨逞しい騎士の蹴りを食らわされ、吹っ飛んだ。

「……っ！」

チェレスティーノの巻き添えを食らって食事の支度をしていた座卓がひっくり返り、給料が入るたびに一つずつ揃えてきた皿や茶碗が小気味いいほど涼やかな音を立てて割れる。

「おまえたち、何をしているっ！」

痛みで息もできなくなってしまい蹲っているチェレスティーノを見たアルフォンソは真っ青になった。剣まで抜こうとしていた騎士を殴り倒し、チェレスティーノを抱き起こす。

「チェレスティーノ、大丈夫か!?」

「殿下、いけません。お下がりください」

「黙れ！　この人に触れるな！」

いつも穏やかなアルフォンソが珍しく声を荒げていた。言い争う声を聞いているうちに、ふつり、チェレスティーノの意識が途切れる。

＋　＋　＋

気がつくとチェレスティーノはやわらかなベッドに横たわっていた。様々な装飾がなされた部屋は長屋とは比べものにならないくらい豪華だ。

「うっ」

起き上がろうとしたらみぞおちに酷い痛みが走り、チェレスティーノは固まった。意識を失う前の記憶がぶわっと蘇ってくる。

そうだ。アルフォンソが来て——騎士に蹴られて——それから——。

「ニーノ！」

そうだ、ニーノはどうしているんだろう。

勢いよく飛び起きたところで、動きが止まる。胸の前で腕を組んだアルフォンソが壁に寄りかかり、チェレスティーノを見ていた。

「そこで、何をしているんですか」

「君が目覚めるのを待っていた」

アルフォンソが壁際を離れベッドに腰を下ろすと、チェレスティーノはベッドの上を後退る。

「そんなに怖がらないでくれ。護衛がしたことについては謝罪する」

「僕への暴力はシアーノ公爵家に対する侮辱です。後でたっぷり慰謝料を請求しますので、覚悟しておいてください。騎士たちもこちらに引き渡していただきます」

「駄目だ」

「どうしてですか？」

庇う気だろうか。むっとして聞き返そうとしてチェレスティーノは怯《ひる》む。

「私の手で罰したいからだ」

そう言って微笑んだアルフォンソの金眼に揺らめく炎はぞっとするほど昏《くら》かった。

「慰謝料については好きなだけ請求してくれ。金で君に許してもらえるなら、これほど安いものはない。その代わりに教えてくれないか？　一体いつから君は——兄上と」

チェレスティーノのこめかみに青筋が立った。

「どれだけ思い返してみてもわからないんだ。兄上の執着を君は迷惑がっているのだと思っていた。でも、身を隠しても子を産み育てていたということは、君は兄上を好きだったのか？　オメガにとっては危険極まりない王立学園にアルファのふりをして入学したのも、兄上の傍にいるためだった？」

怒りで頭の血管が切れそうだった。この男は何てことを言いだすのだろう。オズヴァルドを好き？——下らなすぎて相手をする気にもなれない。

「……ニーノは、僕の赤ちゃんはどこですか？　まさか部屋に放置してきたりしてないですよね？」

「あの子の名前はニーノというのか。大丈夫、メイドたちが大事にお世話している。君が他人のことを気に掛けるところを見るのは初めてだな。そんなに兄上の子が大事か？」

　ニーノはまだ赤ちゃんなのだ。心配をするのは当たり前だ。それにニーノはオズヴァルドの子ではない。

「顔を見なければ安心できません。連れてきてください」

　ぎしりとベッドが軋《きし》んだ。身を乗り出したアルフォンソの手がうなじに回され、チェレスティーノはぶるりと躯を震わせる。

　そこに触れられると何だかぞわぞわして厭だ。

「チェレスティーノ。私には理解できない。兄上のどこがいいんだ？　兄上はうなじも噛んでくれなかったのだろう？　つがいにならなければヒートが来るたびにアルファを惹き寄せて大変な思いをすることになるとわかっているのにだ。今までどうやってしのいできたんだ？　まさか、寄ってきた連中の相手を――？」

「もう一回殴られたいんですか？」

　チェレスティーノは拳を握り締める。これ以上暴言を吐くならたとえまた護衛に蹴られることになっても殴ってやるつもりだったのだけれども。

　まるで話を聞いていたかのように――いや、きっと聞いていたに違いない――扉が開き、現れた護衛騎士に一瞥《いちべつ》されると、味わわされたばかりの苦痛や吹っ飛んでいく周囲の景色、更に暴力を振るおうと近づいてくる騎士たちの記憶が奔流のように溢れ出してきて、チェレスティーノは動けなくなってしまった。

「何をやっている。誰が入っていいと言った」

邪魔されたアルフォンソが怒ったが、護衛騎士は出ていこうとしない。

「お言葉ですが殿下、私たちの仕事は殿下を護ることです。その男は既に一度殿下に暴力を振るっている。二度目を許すわけにはいきません」

「私が構うなと言っているのだ。くそっ、チェレスティーノ、少し待っていてくれ」

アルフォンソが護衛騎士共々部屋を出ていく。

扉が閉ざされると、チェレスティーノは膝を立てて枕を抱き締め気持ちが落ち着くのを待った。

どうやらアルフォンソは何が何でもチェレスティーノとオズヴァルドができていると思いたいらしい。自分がニーノの父親かもしれないとは欠片も考えていないようだ。チェレスティーノにしたことなどもう忘れてしまったのだろう。それとも目の色や声が違ったから完全に別人だと思っているのだろうか。

「それにしたって……あんまりだ。オズヴァルド殿下とだなんて……学園にいた頃から殿下には空気を読めないところがありましたけど……」

近寄るなと言わんばかりの態度に皆が遠巻きにするようになっても、アルフォンソだけはチェレスティーノに話し掛け続けた。

チェレスティーノは秘かにアルフォンソに話し掛けられるのを心待ちにしていた。それが単にチェレスティーノを配下に引き抜きオズヴァルドを下《くだ》すためであったとしても嬉しかったのだ。それなのに、よりによってオズヴァルドとの子を産んだと決めつけるなんて。

悔しくて悔しくてまた涙が出そうになり、チェレスティーノは拳でごしごしと目元を擦る。

「ニーノ……ちゃんとミルクをもらえているかな……。このままニーノを取り上げられてしまったら、

「どうしよ……」

もしニーノを奪われたら、どうしたらいいのかわからない。

チェレスティーノは艶やかな黒髪をぐしゃぐしゃに掻き回した。何もできないまま、夜だけがしんしんと更けてゆく。

＋　＋　＋

翌朝。熱を出してしまったチェレスティーノがベッドの中でうつらうつらしていると、扉が蹴破られた。

「な、な、な、何⁉」

「チェレスティーノ、無事か⁉」

「船長⁉　なぜここに」

入ってきたのはいつもよりむさくるしさの増した船長だった。シャツは上等なものらしいがくたびれているし、目の下には隈《くま》が浮いている。

「おまえを助けに来たのに決まってんだろ⁉　約束の時間に訪ねていったら家の中は滅茶苦茶、本人も子供の姿もねえ。聞いてみたらごつい騎士たちが攫《さら》っていったというじゃねえか」

「だからって王城に押し入るなんて」

「構うもんか。イヴァナ王は俺の従兄弟だ。俺は従兄弟を訪ねてきて、たまたま拉致《らち》られた友人を見つけただけだ！」

チェレスティーノは唖然とした。王の従兄弟！　この島は本当にどれだけ狭いのだろう。

「従兄弟に怒られるわよ……」

そう言ったのは、船長の後ろから顔を覗かせた店長だ。店長の腕にはカミナがしがみつき、きょろきょろ辺りを見回している。

「構うもんか。帰るぞ、チェレスティーノ。手料理を食わせてくれるんだろう？」

「——手料理？」

チェレスティーノは思わず息を詰める。騎士たちを引き連れたアルフォンソが戸口にいるのに気がついたのだ。うっすらと笑んでいるのに、アルフォンソには背筋の毛がそそけ立つような恐ろしさがあった。

「アルフォンソ殿下か」

舌打ちした船長をアルフォンソもしげしげと眺める。

「驚いたな。ペトラーク号の船長がなぜここにいるんだ？」

「こいつを迎えに来たんだよ！」

怒り狂う船長に、アルフォンソはにこやかに答えた。

「それは困るな。私は彼をサヴェッリに連れ戻すためここに来たのに」

「ふざけんな！　聞いたぜ。おまえ、こいつの家を荒らした上、痛めつけたんだってな。こんな細っこい奴に何てことしやがる！」

「乱暴に扱うつもりはなかったのだが、父上に借りてきた護衛騎士たちは手加減というものを知らなくてね。だが、よく言い聞かせたからもう大丈夫だ」

「もう大丈夫だ？　何も大丈夫なんかじゃねえよ。こいつはサヴェッリになんか帰りたくねえんだ。オメガにとってあそこは地獄だからな」

一瞬、アルフォンソの視線が揺れる。オメガであるとわかった以上、帰国したところでチェレスティーノがつらい目に遭うだけだと気づいてくれたのだろうか？

「君は随分とチェレスティーノと親しいみたいだ。一体どういう関係なのかな？」

あっと思ったけれど止める間もなかった。

「今は保護者で後見人だ。だがそのうち、つがいになるつもりでいる」

船長がそう言い放った刹那、ばちんと妙な音がした。

何かがぱちぱちと弾けるような奇妙な感覚に視線を落とすと、皮膚の表面を小さな雷が這い回っている。恐る恐る見回してみると、チェレスティーノだけでなく、部屋の中のありとあらゆるものが雷を纏い、火の粉を散らしていた。

「な、何これ……っ」

悲鳴を上げて腕にかじりついてきたカミナの手をオレクが押さえる。

「どうやら王子さまってば怒りのあまり魔力を抑えられなくなったみたいね」

可視化するほどに飽和した魔力が室内を荒れ狂っていた。燃え立つ金色の瞳に見据えられ、チェレスティーノは身を固くする。

「あ……」

「船長の言ったことは本当か？　チェレスティーノは船長をつがいに迎える気なのか？」

「……僕は……」

逡巡《しゅんじゅん》を肯定と取ったアルフォンソがぶち切れた。

「もういいわかった。その男は殺す」

「え」

アルフォンソが剣を抜き放つ。主を荒事から遠ざけるために控えていた騎士たちがざわめき、船長が腰のホルダーから大ぶりのナイフを抜いた。

がきん。

目の前で打ち合わされた刃から火花が散る。

アルフォンソの得物は長剣、普通ならナイフなど敵ではないけれど、船長は思いのほか腕が立った。それにここは狭い室内で、周囲には人もいる。剣技の成績だって一番だったのにアルフォンソの剣は船長を捉えられない。

「殿下！」

騎士たちが部屋に飛び込んでこようとしているのを見て、チェレスティーノは片手を翳した。

「穢《けが》れた闇の中、誰にも顧みられることなく夥《おびただ》しく蔓延《はびこ》るものたちよ！」

ガリガリと壁を引っ掻くような音が聞こえたと思ったらあっという間に穴が開き、鼠《ねずみ》が飛び出してきた。襲いかかられた騎士たちは慌てて剣を抜いたけれど斬り払えたのは最初の数匹だけ、次々に装備の中へ潜り込まれて悲鳴を上げる。こうなっては王子に加勢するどころではない。どんな流行病《はやりやまい》を持っているか知れない鼠たちを振り払おうと、騎士たちは無様なダンスを踊る。

「そんなにこの男が大事か！」

チェレスティーノの加勢が火に油を注いだらしく、アルフォンソが大きく剣を振り抜いた。隙ができたと思った船長は懐に踏み込んだがそれは罠《わな》で、逆に剣の柄で強《したた》かに手の甲を打たれてナイフを取り落としてしまう。

「くっ」

次の瞬間、喉元に突きつけられた切っ先に船長が息を呑んだ。

「死ね」

「駄目！」

チェレスティーノはとっさに船長に飛びつくと、自分の躯を盾にして庇った。

「お願いです、船長を殺さないでください。船長はサヴェッリを出てからずっと僕を助けてくれた恩人なんです！　船長を殺したら、僕も死にます」

「チェレスティーノ……」

嚙み締められた奥歯がぎちりと鳴った。

しばらくの間船長を睨みつけていたアルフォンソが絞り出すように言う。

「チェレスティーノは……この男が好きなのか？　まさかもうこの男と……？」

またしても下らないことを言うアルフォンソに、チェレスティーノは頭に血が上るのを覚えた。

どうしてこの男は自分を他のアルファと結びつけようとするのだろう。いっそそうだよ好きなんだと言ってみようか。実際、ニーノのために誰かとつがうならこの男にしようと思っていた。船長はいい男だし、つがいになってしまえばいつかそういう意味でも好きになれるかもしれない。

チェレスティーノが口を噤んだのを、肯定と捉えたらしい。アルフォンソが熱くなる。

「チェレスティーノ、教えてくれ。私のどこがこのむさくるしい男に劣るというのだ？」

「誰がむさくるしいだッ」

すかさず船長が文句を言ったが、アルフォンソは構わずチェレスティーノを問い詰める。

「私とは話もろくにしてくれなかったのに、この男には手料理まで振る舞うのはなぜだ。私が主席を譲ってやらなかったからか？　それともうんと年上の男が好みだったのか？」

「ちょ……っ？」

好みって一体何の話をしているのだろう？

「――いや、待てよ。この男はそのうちと言った。チェレスティーノのうなじにも咬み痕はなかった。まだつがいでないのなら――」

わけのわからないことを言い始めたアルフォンソにチェレスティーノが困惑していると、カミナがぽんと手を叩いた。

「やっぱり！　アルフォンソ殿下もちーくんが好きだったんだ！」

「ええ？」

そんなことがあるわけないと言おうとして、チェレスティーノは目を疑う。アルフォンソの顔が見る間に紅潮していったのだ。

まさか。

「も、というのはどういうことだ。子までなしたくらいだ。チェレスティーノは兄上が好きなのだろう？」

カミナが眉を顰める。

「何言ってるんですか？　ニーノくんはあなたの子ですよね？」

チェレスティーノは凝然《ぎょうぜん》とカミナを見つめた。

いきなり何を言いだすんだろう！

アルフォンソも困惑している。

「私が？　そんなわけは……」

「ない？　本当に？　よく考えてください。心当たりがあるんじゃありませんか？　ちーは祝宴の夜に初めてのヒートを迎え、フェロモンにあてられ発情した節操のないアルファに乱暴されたって言っていました。仮面をつけていたから、相手は自分が誰か、気づかなかったって」

「祝宴の夜だと……？」

見つめられ、チェレスティーノは目を逸らした。

「該当しそうな王子はオズヴァルド殿下とアルフォンソ殿下の二人だけ。でも、オズヴァルド王子はチェレスティーノが言っていた綺麗で努力家な人格者という形容とはほど遠いみたいだから、てっきりあなたが父親だと私は思っていたんですけど？」

口の中に蜂蜜檸檬水の味が蘇る。あの夜、飲んでこそいなかったけれど、夜に気の置けない仲間とお喋りするのが楽しくて、ちーは確かに話してしまった。ニーノの父親について。肝心なところは伏せたつもりでいたけれど、カミナは正答を弾き出してしまったらしい。

部屋中でぱちぱち弾けていた光が消えてゆく。

「目の色が違うから別人だと思っていたが、もしかしてあのオメガはチェレスティーノだったのか……？　あの子は兄上ではなく、私の子だった……？」

「違います！」

否定したのに、アルフォンソは顔を綻ばせた。

「そうか、私の子なんだな？」

噛み締めるように呟いたアルフォンソが剣を鞘に収め、船長の後ろに隠れているチェレスティーノに向かって片膝を突く。

「チェレスティーノ。私と結婚してくれ」

体内の血が一瞬で沸騰したような気がして、チェレスティーノは船長の服を握り締めた。チェレスティーノの代わりに船長が怒鳴る。

「はあ!?　てめえ、ふざけんな!?　ちーは違うって言ってんだろーが！」

「鈍い男だな。チェレスティーノの顔を見れば一目瞭然《いちもくりょうぜん》だ。あの子は私の子だ」

「ああ!?」

躯を捻って振り返った船長がまじまじとチェレスティーノの顔を見た。そんなことをしたってニーノが誰の子かなんてわかるわけないと思うのに、船長が絶望に顔を歪《ゆが》ませる。

「本当なのか、ちー……」

「ぼっ、僕は……」

アルフォンソはチェレスティーノの腕を掴み、船長の後ろから引っ張り出した。

「死ぬまで君だけを愛し、大切にすると誓う。もちろん、子供のこともだ」

腰を抱え込まれてしまい、チェレスティーノは真っ赤になる。距離が、近い。

「何とちくるったこと言ってんですか⁉　放してくださいっ」

「本当はずっと君のことが好きだった。初めて会った日のことを覚えているかい？　子供だけのガーデンパーティーで、君は折角綺麗に後ろに撫でつけてもらった髪を兄上にぐしゃぐしゃにされて泣きそうな顔をしていた。恥ずかしくて皆の前に出られないと茂みの中に隠れてしまってパーティーに戻ろうとしないから、私がこうすればわからないと、花冠を作って被せてあげたんだ。花冠がすっかり気に入った君にせがまれて作り方を教えてあげて、パーティーそっちのけで二人で幾つも作って……君がくれた一番できのいい花冠を、私は今でも大事にしている」

チェレスティーノははっとした。ちーがバスルームに入るための足掛かりに使った花冠のことだと気がついたのだ。

店長とカミナは乙女のように両手を握り合わせ、目をキラキラさせてアルフォンソの話に聞き入っている。

「私はそれから君の姿ばかり目で追っていた。あんまり気もそぞろになってしまったせいで、ダンスでご令嬢の足を踏んでしまったくらいだ」

アルフォンソは踊りの名手だ。そのアルフォンソが女の子の足を踏んだ？　チェレスティーノのせいで？

「君は誰より可愛らしく魅力的に見えたけれど同性だ。この『好き』はそういう意味ではないのだと思おうとしたけれど、君のことを知れば知るほど気持ちは傾く一方だった。他の子たちが兄上に気に入られようと躍起になっている中、兄上の標的になった子や使用人たちをさりげなく庇ってあげる姿は誰より輝いて見えたし、何より興味をそそられた。いつだって一人だけ涼しい顔で別のところを見ているような君が何を考えているか知りたいと私はどれだけ願ったことだろう」

アルフォンソの整った顔立ちにはうっとりとした笑みが浮かんでいる。その目はもう、チェレスティーノしか見ていない。周囲には船長を始めとする面々がいて、全部聞いているのにである。

「王立学園に入って大人たちの監視の目が減ったら距離を詰められるんじゃないかと期待していたのだが、君ときたら魔法学に夢中で全然相手にしてくれないのだから参ったよ。でも、君が他ならぬ私に勝つため必死に努力しているのだと思うと堪らない気持ちになった。つんけんと誘いを断る姿でさえ愛らしく思えて——もう駄目なんだと悟った」

「駄目……？」

チェレスティーノが思わず漏らした呟きに、アルフォンソは切なげに頷いてみせた。

「同性であろうと関係ない。私はチェレスティーノ、君に恋い焦がれていると自覚したんだ」

船長が低い唸り声を漏らす。

「知っているかい、チェレスティーノ。王立学園にいる間、私は君のことしか考えていなかった。首席を保っていたのも、学生の身で公務を担い点数を稼いでいたのも、すべて君のためだ。あれはいつか君を手に入れる時にできるだけ優位に事を運ぶための下準備だった。もう一度言うよ、チェレスティーノ。好きだ。結婚してくれ」

アルフォンソの勢いに呑まれそうになりつつも、チェレスティーノはふるふると首を振った。

「と——と、とにかく、厭です。あなたとなんか、つがいにはなりません。赤ちゃんは僕ひとりで育てます」

きつく握り込まれた拳をアルフォンソが両手で包み込む。

「どうしてそんな酷いことを言うんだ？　あの子は私の子なのだろう？」

ずっと胸に澱《よど》んでいたもやもやしたものが爆発した。

「さっきまでオズヴァルド殿下の子だと決めつけていたくせに、船長とももう寝たって、そういうふしだらな奴だって思っていたくせに、何言ってんですかッ。殿下となんか結婚したくありませんっ」

アルフォンソははっとした。

「すまない。ニーノは私の子なのに、酷いことを言った。エドムント船長のことについても謝らせてくれ。君はそんな人じゃないってわかってるのに、もしかしたらと思ったら己を抑えられなくなってしまったんだ。二度と勝手な想像で君を傷つけたりしないと誓うから、だから、私のつがいになってくれ、チェレスティーノ」

チェレスティーノは涙目でアルフォンソを睨みつける。

謝罪してもらっても、腹の虫はそう簡単に治まらないのだ。

「……っ、そうだ、ニーノを返して」

何度言っても無視されてきた要求だったが速やかに受け入れられた。

「すぐ連れてこさせる。君たちにもお茶を用意させよう。エドムント船長には火酒の方がいいかな？」

「くそがっ」

船長は勝利を確信し浮かれている王子を絞め殺さんばかりの勢いで睨みつけていたが、火酒が瓶ごと運ばれてくると引っ掴んで浴びるように飲み始めた。チェレスティーノの元にも、魔法人形を抱き締めたニーノが運ばれてくる。

「ニーノ！」

力なくぐずっていたニーノは、チェレスティーノに気がつくなり顔をくしゃくしゃにした。

「あ――――っ」

泣きながら両手をチェレスティーノに向かって伸ばしたせいで魔法人形がぽてんと床に落ちる。

「母上を恋しがって大変だったんですの。どうぞ、抱いてあげてくださいまし」

「ええと、ありがとうございます……？」

両手を伸ばし跪くニーノを運んできてくれた婦人の顔を見てチェレスティーノは驚いた。オレクの店の常連客だったからだ。おしゃまなローラのお母さん。この人ならニーノにも優しくしてくれたに違いないと、ほっとする。

泣きながらしがみついてくるニーノをチェレスティーノは抱き締めた。

「一人にしてごめんね、ニーノ。もう離れないからね？」

「えええうううう」

お腹が空いているらしく胸元に顔を擦りつけてきたニーノのためにシャツをはだけようとすると、婦人が咳払いをする。婦人に目配せされたアルフォンソと、店長に襟首を掴まれた船長が後ろを向いた。二人とも心なしか耳が赤い。

本当にこの人たちはそういう意味で自分を意識しているのだ。

――でも僕がそういう目で見ているのは。

チェレスティーノは溜息をつきたくなった。船長とつがったならこの島で店長やカミナも一緒に穏やかに暮らしていけるとわかっているのに、アルフォンソの手を取ったら多分王宮に飼われることになって平穏とはほど遠い暮らしを送らねばならなくなるのは明白なのに、チェレスティーノの魂はどうしようもなくアルフォンソに惹き寄せられていて、他所見を許さない。

恋は理性でするものではないというけれどと思いながらニーノにお乳を飲ませると、チェレスティーノは小さな背中を軽く叩いてげっぷをさせた。泣き疲れたのかうとうとし始めたニーノの隣に魔法人形を置いてやり、膨らんだお腹をぽんぽんと叩く。

アルフォンソの手を取ったらニーノは本物の王子さまだ。それは果たしてニーノにとって幸せなことなのだろうか、なんて考えながら。

+　+　+

家で家事や育児をしつつ魔法人形を操り店で働くという二重生活をしてきたせいで疲れが溜まっていたのだろう。チェレスティーノの熱はなかなか下がらなかった。

王城であてがわれた部屋でチェレスティーノは一日中うつらうつらして過ごす。家に帰りたかったけれど、アルフォンソの命令か、部屋を出ようとすると護衛騎士が立ち塞がる。拉致された際の暴力がトラウマになってしまったチェレスティーノはそれだけで竦んでしまって彼らを押しのけてまで逃げ出すことなどできない。

メイドたちは、時間になれば美味しくて栄養満点の食事が出てくる上に掃除も洗濯もしなくてよく、新品の着替えまでいつの間にか用意されている――アルフォンソの仕業に違いない――至れり尽くせりの生活をさせてもらっているのに文句を言うなんて間違っているとチェレスティーノを窘めるが、どんな環境であろうと監禁は監禁だ。どうしたって気が鬱《ふさ》ぐ。自分もこれからは母のように閉じ込められて暮らさねばならないのだろうかと思っていたら、大勢の足音が近づいてきて部屋の前で止まった。護衛騎士たちと争うような声が聞こえた後、扉が外から開かれる。

「ちーちゃん！　遅くなってゴメンナサイね」

「店長？」

店長だけではない。カミナも、よく小さな淑女を連れて店にやってきてくれたご婦人方もいる。

「熱があるのに、誰が敵か味方かもしれない場所に一人で閉じ込められて怖かったでしょう？　これからは私たちが一緒にいるから安心して」

「え、でも、お店は……」

「お店が繁盛するようになったのはちーちゃんのおかげだもの、これくらいさせてちょうだい。どうせ小さな淑女たちはちーちゃん目当てなんだからお店を開けていたって仕方がないし、ご婦人方は皆、ちーちゃんの味方よ」

オレクの店の常連ということは、彼女たちは経済的にとても豊か——つまりイヴァナでも高い地位にある者たちの妻だ。それなのに。

「あなたたちは下がって構わなくてよ。チェレスティーノさまのお世話は私たちが引き受けるから」

彼女たちはそう言ってメイドたちを追い出し、お茶を淹れたりニーノが汚した床を拭いたりし始める。そのうち誰かが注進に走ったらしく、扉の外からアルフォンソの声が聞こえてきた。

「これは何の騒ぎだ？」

　ご婦人の一人がさっと部屋を出て応対する。

「まあ、これはアルフォンソ殿下。お目にかかれて光栄ですわ。私たち、ちーさまの具合が悪いとお聞きして、看病するために参りましたの」

「メイドたちを閉め出すことはないと思うが？」

　チェレスティーノはベッドに横たわったまま聞き耳を立てる。自分の息がかかった者たちが皆追い出されてしまい面白くないだろうに、アルフォンソの態度はあくまで穏やか、感情に任せてご婦人たちを排除しようとするほど浅慮ではなさそうで、ご婦人方が怪我でもするようなことになったらどうしようかと思っていたチェレスティーノはほっとする。

「弱っている時に傍に知らない人がいたら気が休まりませんわ。その点、私たちは気心が知れてますから」

「気心が知れている？　君たちはチェレスティーノとどういう関係なんだ？」

「私たち、ちーさまが働いているドレスメーカーでよくドレスを仕立ててもらっていたんですの」

「何だって？　公爵家嫡男のチェレスティーノが？　街で働いていたというのか？」

　そこまでは知らなかったらしく、アルフォンソの声が大きくなる。

「公爵家嫡男でも一人で子供を育てるにはお金が要りますもの」

　アルフォンソは何不自由なく育てられた王子さまだ。食べものも着るものも欲しいと言えば出てくるのが当然、お金を稼がなければ飢え死にするしかないなんてことまでは考えが及ばなかったのだろう。ご婦人に答える声は沈んでいた。

「そうか。私が至らないばかりに苦労をさせてしまったのだな。ところで、チェレスティーノと話したい。中に入れてくれないか？」

ご婦人が扉を細く開けて顔を覗かせたので、チェレスティーノは首を振った。監禁の意趣返しである。ご婦人は頷くと、元通り扉を閉めた。

「お断りします」

「何？」

「先ほども申し上げた通りちーさまは具合が悪いのです。それなのにアルファに傍をうろうろされたら気が昂《たか》ぶってしまいます」

「私はニーノの父親で――」

「まあ失礼しました。それでは殿下がちーさまのつがいですのね。でも、おかしいですわねえ。ちーさまのうなじには咬み痕など見当たりませんでしたが」

抱いたくせにうなじを嚙んでつがいにしないなんて無責任だと言わんばかりに当て擦られ、アルフォンソが押し黙る。それからもしばらく粘っていたけれど、どう頑張っても中には入れてもらえないとわかったのだろう。アルフォンソは帰っていった。

室内に戻ってきたご婦人に、拍手喝采が送られる。

「お見事」

「痛快でしたわ！」

「殿下ってば、ぐうの音も出ませんでしたわね」

何だろう、この盛り上がりは。

呆気にとられるチェレスティーノにご婦人が力強く保障する。

「さあもう大丈夫ですわ。ちーさまの許可がなければたとえ王子といえども絶対に部屋には入れませんからね」

他のご婦人方も容赦がない。

「あの方がちーさまを孕ませたのでしょう？　反省していると聞きましたが、簡単に許してはいけません よ。そうでなくともアルファの殿方はオメガを舐めてかかっているところがありますから」

「必ずしも思い通りにはならないのだと、最初にちゃんと教えて差し上げないと」

イヴァナ人は本当にオメガに理解がある上に頼もしい。内心、王子を門前払いして大丈夫なのだろうかとドキドキしていたのだけれど、とりあえずは大丈夫そうだ。

それからもアルフォンソは朝に夕に部屋を訪ねてきたけれど、チェレスティーノは堅く扉を閉ざして会おうとしなかった。でも、アルフォンソは今度もめげなかった。

「チェレスティーノ。中に入れてくれなくてもいいから聞いてくれ。君には酷いことをした。今更だと思うかもしれないけれど、私は君を誰より愛しているし、ニーノのことも愛したいと思っている。どうか今一度機会をくれないか？」

誰が聞いていようがお構いなしに扉の向こうから口説いてくる。

二日目には時間になると美しい貴公子が開けられることのない扉に向かって愛の言葉を熱く切なく語りかける姿を見るため、イヴァナの王女を始め高位貴族の令嬢からメイドまで詰めかけるようになった。チェレスティーノが使っている両隣の部屋がわざわざ彼女たちのために確保され、受け取ってはもらえない花束やニーノの玩具といった贈り物を欠かさず持参するサヴェッリの第二王子は何て優しく細やかな気遣いのできる方なのだろうとまことしやかに囁かれているのを知り——最終的にダメージを負ったのはチェレスティーノの方だった。

＋　＋　＋

四日目。チェレスティーノは廊下に魔法人形を出してアルフォンソを待った。長靴がこつこつ大理石の床を蹴る音が聞こえ始めると、ニーノをあやしつつ魔法人形を起動する。扉にもたれるように座っていた魔法人形が猫耳をぴくぴくと震わせた。ぱちんと目が開くとチェレスティーノの脳裏にも、暑いだろうにサヴェッツリ風の服をきっちり着込んだアルフォンソの姿が映る。

「やあ、子猫ちゃん。久しぶりに会えて嬉しいよ。ご主人さまに会いに来たんだけど、取り次いでもらえるかな？」

しゃがみ込んで目線を合わせ、青い花でできた花束を示してみせるアルフォンソは、これ以上ないくらい魅力的な貴公子だ。あたたかなイヴァナでは年中花が咲き乱れているけれどこんな花は見たことがないから、きっと貴重で珍しいものなのだろう。

でも、ちーは受け取る気はないとばかりに肉球のついた手を後ろに回してしまう。

「だめ。ちーは、めんかいしゃぜつ」

小さな声で断ると、アルフォンソはことさらに甘い声でちーを籠絡《ろうらく》しようとした。

「じゃあ、ニーノでもいい。我が子の顔を見たいんだ。親なら当然のことだろう？」

「とおぜんでも、だめ。ちー、おこってるんだよ……？　おーじしゃま、どおしておっきなこえで、はのうくよおなこと、ゆうか？　みんながきいてるのに……」

恥ずかしさに思わず目をうるっとさせたちーにアルフォンソは微笑んだ。

「小さな声で話してチェレスティーノに聞こえないと困るからね。中に入れてくれれば誰にも聞かれずに済むけど――」

「だ、だめ。しょれはまだ、だめ……」

自分のしっぽをぎゅっと抱き締めて眉をハの字にすると、アルフォンソは一度天井を振り仰いでからちーの隣に座り込み扉に背を預けた。

「チェレスティーノは狡《ずる》いな。子猫ちゃんにこんなに可愛い顔で駄目って言われたら言うことを聞かざるをえないじゃないか」

ちーはただでさえくりくりとした大きな目を見開いた。

「おーじしゃま、わざと……？」

くすりと笑ったアルフォンソが嘯《うそぶ》く。

「何のことだい？　私はただ、愛する人に思いの丈を聞いて欲しいだけだよ？　こうでもしないと怖いご婦人方に阻《はば》まれて話もできなそうだからね」

当然である。彼女たちは放って置いたらアルフォンソ《ア ル フ ァ》の言いなりにされそうなチェレスティーノの意思を通すためにここにいてくれるのだ。

ちーはむうと下唇を突き出した。

「ちー、おーじしゃまはしょーゆーこそくなことをしない、いーひとだっておもってたのに……」

ふっとアルフォンソが笑う。

「子猫ちゃんはチェレスティーノと同じことを言う。私がいい人なわけないだろう？　好きな人を孕ませたくせに全然気づかなかったような男だぞ、私は」

「……しょれは」

ちーが泣きそうな顔になったのに気がついたアルフォンソが口調と表情をやわらげた。

「言い訳になるがあの頃の私は取り入ろうとする貴族たちが連れてくるオメガに辟易《へきえき》していたんだ。私がどれだけ多くの誘惑を退けてきたか知ったらきっと子猫ちゃんはびっくりするよ。中にはヒートのオメガを連れてくる質《たち》の悪いのもいて、私は仮装したチェレスティーノをその一人だと思ってしまった。あの時私がしたことは最低だったけれど、何をしてもチェレスティーノには許してもらわなければならない。私は彼以外とつがうつもりがないからね」

向けられる真剣な眼差しが眩しくて、ちーはふぐうと喉を鳴らす。

「おめがかうなら、つま、むかえないと」

オメガを飼うのは普通、妻を迎えた後だ。

いきなり膝の上に抱き上げられ、チェレスティーノはしっぽを膨らませた。

「ひょわっ？」

「言っただろう？　私はチェレスティーノ以外誰も娶《めと》る気はないよ。もし駄目だと言われたら、結婚はしない。勝手にチェレスティーノを正妃の部屋に住まわせる」

チェレスティーノはぱかんと口を開けた。そんなことができるのだろうか。

「まあ、私が王位に即《つ》けるかどうかなんてまだわからないんだけどね。私は本気でそうするつもりでいる。もしチェレスティーノに振られたら妻は迎えない。一生独身でいる」

「え……ええ……？」

「私を哀れと思うなら、どうかご主人さまに一緒にサヴェッリに帰るよう言ってくれ。皆も心配している。チェレスティーノがオメガではないかと疑っていた生徒たちはもっと親身になってやればよかったって後悔していたし――」

「おっ、おーじしゃまのほかにも、おめがってきづいてたひと、いたの……？」

「それはもちろん。チェレスティーノは線が細くて綺麗だったから」

「ちー、おべんきょ、できたのに……？」

「できたけど……アルファの本能の前にはそんな目眩《めくら》ましなどものの役にも立たないからね。ああでも――サムエル先生やジュスト先生も迂闊《うかつ》だったと荒れていたから、気づいていなかったようだな。多分、妻帯者で他のオメガへの関心が薄かったせいだと思うけれど。それからシアーノ公爵も王立学園になど入れなければよかったと言っていた」

父の名を耳にした途端、ぶわっと全身が鳥膚立った。皆の思いやりに緩みかけていた心が父公爵への敵意にささくれ立つ。

「しょれって、おめがにきょーいくうけさせてたなんてはずかしーから？　しょれとも、たかくうれるこまをむだにあそばせてたのがくやしーってこと？」

「そんなわけないだろう？　アルファだらけでオメガにとっては危険な場だから心配をしたんだ」

ちーは唇を噛んだ。父公爵が心配などするわけがなかった。父公爵はチェレスティーノに不満しか抱いていなかったのだ。

「シアーノ公爵は幼少期からもしやと思っていたのだそうだよ。君があんまり可愛いから」

可愛い？　ちーはふんっと鼻を鳴らしそうになる。あの人がそんな風に思っていたわけない。王子の前だから格好をつけてそれらしい言葉を並べ立てただけだ、きっと。

「チェレスティーノは兄弟の誰より躯が弱くて線が細かったけれど、オメガにしては頭が良くて背も高かった。だから成長するにつれて際立つ儚げな美貌や社交の場で他の貴族の子を惹きつけ始めたことに気づきつつも公爵は縋ってしまったのだと言っていたよ。アルファかもしれないという一縷の望みに。それに、もしオメガだったら年頃になったら手放さなければならないだろう？　彼はサヴェッリに三人しかいない公爵で、範となる存在だからね。どれだけ愛おしんでいたとしても特別扱いは許されない。情をかければかけるほど後でつらい思いをすることになる。もしちーがシアーノ公爵の立場にいたらどうする？」

「どうするって、しょんなの」

もちろん立場なんか関係ない、我が子なら全力で可愛がる——と言うのは簡単だ。でも、チェレスティーノは公爵家当主ではなかった。家族はニーノ一人だけだし、派閥に属する貴族たちを守らなければならない立場にもない。

「もし私なら、顔を見るたびに罪悪感を覚えてしまって、他の子のようには可愛がれなくなってしまうかもしれないと思うんだけど、変かな？」

たくさんの文句を呑み込み、ちーは黙り込む。納得なんかしたくないけれど、父公爵の庇護下から出て見た世界は思い通りにならないことだらけだった。人は常に正しいことなんかできないし、間違っているとわかっていても楽になれる道を選んでしまうことがあるのだ。

――チェレスティーノが船長の手を取ることを考えてしまったように。

だからって仕方がないなんて言えないけれど。

「おーじしゃま、ちちうぇのみかた？」

気持ちの整理がつかず八つ当たりするちーを見下ろすアルフォンソの眼差しには、ちーの抱える葛藤など全部わかっているかのような労《いたわ》りが籠もっていて。

「いいや。同情的に見えたとしたら、私も公爵と同じで、たとえ家族でも無条件に愛したりできない人間だからだろうね」

「おーじしゃま、も？」

「私は恋敵であるという理由で兄を追い落とそうとしている人間だよ？」

「こいがたき……？」

目を丸くしたちーが頬に肉球を押し当てたのを見て、アルフォンソは首を傾げた。

「子猫ちゃん？　ラウルたちと話していた時に一緒に聞いていただろう？　どうしてそんな顔をするんだ？」

「だ、だ、だって。おじゅ、いじわるばっかり。ちー、すかれてるっておもったこと、ないよう……」

そんなの信じられるわけない。

アルフォンソが苦笑する。

「君も大概鈍いな」

「むう」

馬鹿にされたと思い毛を逆立てたちーの頭を、アルフォンソが優しく撫でた。

「ふふ、そう怒らないで。確かに意地悪ばかりされたら好かれていると思わないよね。でも、執着されていることには気づいていたんだろう？」

ちーは不承不承頷く。確かに気づいていたけど。

「しゅきとか、ちー、ぜんぜんわかんなかったよ……？　どおしておーじしゃま、わかった……？」

「それはもちろん、私がチェレスティーノを好きだからじゃないか？　私はね、チェレスティーノは私の運命のつがいではないかと思っているんだ」

運命のつがい——？

船長もそんなようなことを言っていた。カミナも勘違いしそうだったと。それならアルフォンソのも思い違いなのではないだろうかとチェレスティーノは疑う。だってだって、運命のつがいは会えばわかるものだと聞いた。においを嗅いだだけでどうしようもなく惹かれ合ってしまうものなのだって。でも、チェレスティーノは——。

チェレスティーノは。

アルフォンソのにおいを嗅ぐと落ち着かない。王立学園に入学した時から常にアルフォンソの存在を意識していた。あれは本当に父公爵の命令のせいだったんだろうか？

「でも多分、運命のつがいでなくてもチェレスティーノのことは好きになっていたと思う。凄く綺麗で氷のように冷たそうに見えるのに案外情に脆《もろ》くて食堂の下働きの子にこっそり目をかけてあげていたところとか、凄く可愛いと思ったし」

「ふわっ」

「兄上から皆を守るために孤立することを選んでいたと聞いた時には胸が痛くなると同時に、この手で守ってあげたくなった。あんなに酷いことをした私の子を育ててくれていたと知った時は本当に、天にも昇りそうになったよ。今だって――」

だめ。もーがまん、できない。

ちーは両手でアルフォンソの口を押さえた。

「んん？」

「うう、おーじしゃま、も、いー」

「もういいだって？　そう言わないでくれ、私はまだ話し足りないんだ。ニーノに会わせてもらうためにも私がどれだけチェレスティーノを好きか、君に知ってもらいたいし」

あぐ、と手に歯を立てられ、気がつけばちーは許可してしまっていた。

「ゆるしゅ。ゆるしゅから、も、おしまい。おててかんじゃ、め」

「本当にいいのかい？　ありがとう、子猫ちゃん」

にっこりと微笑んで立ち上がったアルフォンソに抱き直され、ちーは頬を膨らませる。してやられたような気がしないでもなかったけれど、この人にはとても勝てそうにない。

ベッドに横になっていたチェレスティーノは魔法人形の操作をやめ、起き上がった。

「どうしたんですか」

ニーノをあやしていたカミナが手を貸そうと腰を浮かしたのを制し、扉を開けに行く。鍵を解除して押し開けると、動かなくなった魔法人形を抱いたアルフォンソが待ってましたとばかりに花束を差し出した。

「四日ぶりだね、チェレスティーノ。顔を見られて嬉しいよ」

チェレスティーノが甘いにおいを放つ花束を受け取ると、アルフォンソはニーノへと目を遣り、眩しいものでも見るかのように目を眇《すが》めた。ベッドへ歩み寄ってニーノと目線を合わせる。

「こんにちは、ニーノ。私はアルフォンソ・サヴェッリ。君の父さまだよ」

ニーノはきょとんとしていたけれど、アルフォンソが触ろうとするとびくっと身を引いた。カミナに抱きついて、顔を隠してしまう。

「……ニーノ……？」

金眼が光を失う。つい最近まで存在さえ知らなかったくせに、本気でショックを受けているようだ。

室内を整えてくれていたご婦人が溜息をつく。

「殿下、殿下はもし知らない人にいきなりお父さんだよって言われたら、すぐさま信じて甘えられますか？」

はっとした顔をしたアルフォンソがニーノのふくふくとした手を取る。

「ニーノ、私は知らない人じゃない、パパだ、パパ。わかるか？」

ニーノは躯を捩《よじ》り、いやいやとカミナの胸に顔を擦りつけた。アルフォンソを父親と認める気はないようだ。

「ニーノ……っ」

誰かが外から扉をノックする。

「アルフォンソ殿下、お時間です」

アルフォンソは一度強く目を瞑ってから、ニーノの手にキスした。

「ニーノ、明日も会いに来るからね。いいだろう？　チェレスティーノ」

「どうしてもって言うんなら、許してあげないでもないですけど」

「ありがとう。必ず君とニーノの信頼は回復する。これからの行いで証明するよ」

避ける暇もなく、頬に唇が押し当てられる。

チェレスティーノは頬を押さえた。

「き……き……来てもいいって言っただけです！　僕にキスしていいなんて言ってません……っ」

「急ぎすぎたか。もし厭だったのだったら謝るが——厭だったのか？」

甘い声で囁かれ、チェレスティーノは唇を引き結んだ。

厭ではない。厭ではないから困るのだ！

＋　＋　＋

アルフォンソは朝に夕にチェレスティーノの部屋を訪ねてくる。もう廊下や隣室で聞き耳を立てている令嬢たちはいない。部屋の中に招き入れられては愛の言葉など聞こえないからだ。

「ご機嫌はいかがかな、チェレスティーノ。それから会いたかったよ、ニーノ♡」

アルフォンソが抱き上げようとすると、ニーノはいやいやと尻込みする。日参し、熱心に話しかけているのに、ニーノはアルフォンソに懐かない。だが、アルフォンソの努力はご婦人方に伝わったようだった。一週間も経つとご婦人方の人数が減り始め、メイドたちが戻ってきたのだ。

カミナとオレクも王城を辞した。チェレスティーノは相変わらず外出させてもらえないけれど、魔法人形を二人に持っていってもらった。こうすれば王城にいながらにして働けるからだ。

久々に会った小さな淑女たちに約束《予約》を反故にするなんて酷いと怒られ、もうどこにも行っては駄目だと指切りさせられそうになったちーは手を後ろに隠した。

チェレスティーノはまだアルフォンソの求愛に対する返事をしていなかったけれど——だって、すぐOKしたらまるで待っていたみたいだし——実際待っていたようなものだけど、格好がつかないし——、ちーは小さな淑女たちに約束はできないとごめんなさいをし、ご婦人たちには近々国に帰ることになるかもしれないと告げた。説明しなくてもご婦人たちは皆、チェレスティーノを祝福してくれた。皆、チェレスティーノとアルフォンソのロマンスを知っていたのだ!。

そして再会から半月が経ち、ようやくニーノが顔つきこそ険しいままではあるもののアルフォンソにだっこを許すようになった矢先、一通の手紙が届く。

＋　＋　＋

かっかっと廊下を近づいてくる長靴の音に、チェレスティーノは耳をそばだてた。

「あれ、何かあったのかな。アルフォンソ、今日は機嫌が悪いみたい」

ソだ。

「機嫌が悪い？　何の話ですか？」

イヴァナ王城から貸し与えられたメイドが仕事の手を止める。

「え？　アルフォンソのことだけど……靴音でわからない？」

チェレスティーノが言い終わらないうちにノックの音がした。入ってきたのはもちろんアルフォンソだ。

「ん？　何の話をしていたのかな？」

「あの、チェレスティーノさまが、長靴の音を聞いただけでアルフォンソさまの機嫌が悪いようだと言われて。どうしてそんなことがわかるのかと」

メイドの言葉を聞いたアルフォンソは蕩けるような笑みを見せた。

「そうか。チェレスティーノは私の足音だけでそんなことまでわかるのか。……愛の力かな？」

「ち、ちが……っ！　僕はっ、別にっ」

愛の力ではなく、ちーだった時にアルフォンソが帰ってきたら気づくよう、いつも聞き耳を立てていたせいだ。でも、チェレスティーノがちーであったと明かすわけにはいかずもだもだしていると、アルフォンソの人差し指がチェレスティーノの唇に当てられ、言葉を堰き止めた。

「しー。たとえ勘違いでもいい。幸せな気分でいさせて」

甘い声に甘い言葉。チェレスティーノはわーっと叫びたくなる。

違うのに。間違ってはいないけど、違うのに。

チェレスティーノが毛布を被って丸まってしまうと、アルフォンソはベッドに手を突き、真剣な顔で毛布を揉みくちゃにしていたニーノと目線を合わせた。

「君はご機嫌いかがかな、ニーノ」

「んうー？」

意味不明な返事に微笑んだアルフォンソが抱き上げると、今の今まで元気に動いていたニーノが固まる。額に口づけようとすると、仰け反ってそっぽを向くという嫌がりっぷりだ。

「ニーノ、私のことをいまだに胡散臭《うさんくさ》い奴だと思っているのはわかっているよ。でも、しばらく会えなくなってしまうんだ、キスだけでいい。させてくれないか？」

チェレスティーノは上掛けの下で息を詰めた。

会えない？　どういうこと？

素直に訊ねることのできないチェレスティーノの代わりに魔法人形がぴょこんと起き上がった。ベッドから飛び降りて、アルフォンソのズボンをくいくい引っ張る。

「おーじしゃま、どうしてしばらくあえないの……？」

アルフォンソは上掛けの下に隠れているチェレスティーノに目を遣り、苦笑する。

「明日の船で私はサヴェッリに帰る」

目の前が真っ暗になった気がして、チェレスティーノは毛布を握り締めた。

好きだって言ったのに、この人は僕を置いて行ってしまうのだろうか。

「違うよ、チェレスティーノ。君とさよならする気なんかない。帰るのは兄上が不穏な動きを見せているという連絡が来たからだ。いい機会だから一度戻って露払《つゆはら》いしてくるよ。知っての通り兄上は君を好きだからね。君とニーノを連れ帰ったら確実にやり合うことになる。今のうちに片をつけた方がいい」

オズヴァルドが本当にチェレスティーノのことを好きかどうかはともかく、アルフォンソの子を産んだと知ったら悪質なちょっかいを出してくるのは間違いなかった。釘を刺しておいてくれるのはありがたいけれど、サヴェッリに行くには一ヶ月も掛かる。往復で二ヶ月、更に用事を片づける時間もいるのだ。それだけの間離れていなければならないのかと思ったら、胸にぽっかり穴が開いたような気がした。

「おーじしゃまかえってくるまえに、ひーと、きちゃうかも」

「必ずその前に帰ってくるよ」

「おじゅ、おーじしゃまとおはなししてくれないかもよ……？」

「どんな手を使っても引きずり出して、チェレスティーノとニーノには手を出さないと誓わせるから大丈夫だ。ついでにシアーノ公爵から結婚の許可をもらってくるよ。父上にも話を通す。チェレスティーノとサヴェッリに帰ったら結婚式を挙げられるように」

結婚式！

チェレスティーノは狼狽える。

「ほ、ほんとにおーじしゃま、ちーとけっこんしゅるの……？」

「プロポーズって結婚するつもりがあるからすることだと思うんだが」

「だって……だって……」

アルフォンソとニーノと三人で過ごす時間はまろやかで、アルフォンソの言う通りつがいにしてもらうことができたらどんなにか幸せだろうと思うけれど、王や公爵に言ってしまったらもう後戻りできない。オメガを妻に迎えるなどと言ったらアルフォンソは王になるどころか廃嫡されるかもしれない。自分にそんな危険を冒すだけの価値があるのだろうか。

——怖い。

自分の為にこの人が傷つくのが。本当にこの人が好きなら身を引くべきではないのだろうかと思うけれども——おーじしゃまとばいばいする……？

ついこの間までごねにごねていたのに、アルフォンソを失うことを考えただけで指先が震えてきた。

自分の臆病《おくびょう》さに呆れ果てていると、アルフォンソに毛布を剝かれた上、ちゅっと手の甲を吸われる。

「プロポーズの返事は次、イヴァナに来た時に聞かせてもらうから、その時までに覚悟を決めておいて」

「殿下……っ」

魔法人形を一撫でし、見送りはしなくていいと言い置き出ていくアルフォンソの背中をチェレスティーノはじっと見つめた。

嬉しい。大好き。待っているからね。

言うべき言葉は次々に浮かんでくるのにどうしても告げられなくて、いいと言われたけれど見送りに行こう、その時絶対に伝えようと思ったのに、アルフォンソはチェレスティーノの部屋を出た足で港へと出立してしまったらしい。夕方、アルフォンソがいつもの時間になっても現れないのでそわそわしていたらメイドにそう教えられ、チェレスティーノは愕然とした。

「え、じゃあ、あれっていってきますのキスだったの？　サヴェッリに行く船っていったら、ペトラーク号しかないけど……船長とあんなことがあったばかりなのに、大丈夫なのかな……」

色々と気になることはあるけれど、出港してしまったなら仕方がない。チェレスティーノはあうあうお喋りするニーノの相手をしつつ、ぼーっと窓の外を眺める。
もうこの島にアルフォンソはいない。

「……別に、いいけど……」

肩透かしを食らわされたような気分だ。でもまあ、いないならいい。逆に羽根を伸ばせると思ったのだけれども。

アルフォンソが贈り物を手に部屋を訪ねてくれた時刻になると、つい閉じられたままの扉を見つめてしまう。

気がつけば、この時期は時化《しけ》ることが多いって聞いたけどペトラーク号は大丈夫かなとか、陛下に反対されてアルフォンソはもうイヴァナに自分を迎えに来るのをやめてしまうんじゃないかなんて心配しても仕方のないことばかり考えている自分に気がつきチェレスティーノは頭を抱えた。

不安に駆られるのは、多分罪悪感のせいだ。アルフォンソが折角一年以上も捜し続けた末イヴァナまで来てくれたのに、自分の態度は冷たすぎた。ニーノがアルフォンソに懐かなかったのも、多分ムキになっているチェレスティーノの気持ちを感じ取っていたからだ。

「ああ、もうっ！」

いてもたってもいられなくなってしまったチェレスティーノは鍛錬を再開することにした。暇だからこんなことばかり考えてしまうのだと思ったからだ。幸い熱も下がったし、目障りな護衛騎士たちもいなくなった。有意義に時間を使おう。

まだ外には出させてもらえないので、テラスで木剣を振るう。その間は魔法人形がニーノの面倒を見る。

「ちー、あむっ」

チェレスティーノと同一存在だとわかっているのかいないのかニーノはちーが大好きだ。起動しているのに気がつくとまっしぐらに這っていってのし掛かり、もちもちしたほっぺたをもぐもぐしたり、しっぽにすりすりしたりする。可愛い赤ちゃんが可愛いぬいぐるみのような生き物とじゃれ合うさまは癒やされるの一言で、鍛錬の時間が近づくとメイドたちが用事を作ってはやってくるようになった。

躯を動かした後は王城の書庫からサヴェッリでは手に入らない魔法書を持ってきてもらって読んだり、魔法人形の術式の改良に取り組んだりする。

船旅は退屈なのか、アルフォンソもよく手紙をくれていたけれど、サヴェッリに到着した途端来なくなった。多分、忙しいのだろう。ヒートが始まる日までにイヴァナに戻ってくるためには、一週間しかサヴェッリに滞在できない。船に乗ったらまた暇に任せて手紙をくれるんだろうと思っていたのだけど。

チェレスティーノが計算した出航予定日を過ぎてもアルフォンソからは何の音沙汰もなかった。

——何で？

仕事が手に着かなくなってしまったチェレスティーノは、店に迷惑を掛けてはいけないと、魔法人形を働かせるのをやめた。そのうち鍛錬をする気もなくなり、日がな一日部屋に引き籠もって過ごすようになる。

——やっぱり陛下に反対されたのかな。それでイヴァナに帰ってくるのをやめちゃったのかな……！

不安を抑えきれなくなったチェレスティーノは迷った末、出航したかどうかだけでも知りたいとラウルに手紙を出す。返信は恐ろしく厚く、皆がチェレスティーノを心配していたという話が嘘ではなかったことを証すと同時に、アルフォンソが出航予定日より何日も遅れてイヴァナに発ったと教えてくれた。

アルフォンソは帰ってくるのだ。

安堵《あんど》したけれど、次のヒートには間に合わないとわかった以上、ぼんやり待っているわけにはいかない。

チェレスティーノはまず、抑制剤を手に入れようとした。前回買ったのがまだ残っているはずだと魔法人形を長屋へと送り込む。でも、チェレスティーノが住んでいた部屋にはもう知らない人が住んでいた。

大家に聞いてみたところ、アルフォンソが引き払えと命じたらしい。家財はすべて廃棄されていた。家具などほとんどなかったし、大事にしていた食器は割られた後だったからいいけれど、蹴破られた扉の修繕費をたっぷりもらったらしい大家のほくほく顔が腹立たしい。

ないならまた新しく入手しないとと王城の薬師を呼んでもらったけれど、断られてしまう。

「どうして――」

「あれは躯によくないから。つがいのいる方には処方しないことにしているんです。もし不安だというなら、これをお使いなさい」

首から提げられるよう革紐のついた鍵を渡され、チェレスティーノは目を瞬かせる。

「これは……？」

「ご案内いたします」

恭しく頭を下げたメイドに連れていかれたのは、アルフォンソの部屋だった。何でと思ったけれど、もらった鍵で扉を開けて部屋に一歩入ったらわかった。

――殿下のにおいだ……。

効果は覿面《てきめん》、苛立ちとか不安といったものがしゅわしゅわと溶けていく。

それからチェレスティーノは暇さえあればアルフォンソの部屋に入り浸るようになった。特に夜は朝までアルフォンソのベッドで過ごす。アルフォンソのにおいが消えてしまったら困るから、ニーノは自室のベッドに寝かしつけて魔法人形《ちー》に添い寝させたし、チェレスティーノは行く前に必ず湯浴みを済ませた。

でも。

アルフォンソのにおいに包まれると、怖い物なんて何もないみたいな気分になる。

チェレスティーノは頭の上まで引っ張り上げていた上掛けから顔を出し、すんすん鼻を鳴らした。

これだけじゃ足りない。もっともっとアルフォンソのにおいのするものが欲しい。

+　+　+

「チェレスティーノさま……チェレスティーノさま」

「んう……?」

「もうすぐ昼になります。起きなくてよろしいのですか？」

チェレスティーノは気怠い躯に鞭打ち、アルフォンソのにおいのする布の隙間から顔を覗かせた。目は覚めているけど起きたくない。別に問題はない。ニーノがミルクと果物という朝食をもりもり平らげたことも、ちゃんとおしめも取り替えてもらって今はぴょこぴょこ動くちーのしっぽを捕まえようと奮闘していることも、ちーを操作しているから知っている。

「いい……。殿下から手紙は？」

メイドが鼻を押さえて一歩下がった。

「届いておりません。でも、エドムント船長はベテランです。心配する必要はないかと」

ヒートが始まりそうなのに？　とチェレスティーノは聞こうとしてやめた。どうやらこのメイドはアルファらしい。チェレスティーノのにおいにしっかり気づいているようだ。

「抑制剤が欲しい……」

「申し訳ありませんが」

「においでわかるでしょう？　僕はまだ殿下に噛まれていないんです」

「……チェレスティーノさまに仕えるメイドからアルファを外し、オメガで固めます。もしどうしても我慢できないようなら薬師に使いを出しますから、言ってください」

つまり今すぐに抑制剤を手に入れてくれる気はないということだ。

チェレスティーノはもぞもぞと元の場所に戻った。

「では、せめて人払いを」

「かしこまりました。ニーノさまのこともおまかせください」

メイドの足音が遠ざかっていく。目を閉じるとちーの耳をぎゅむぎゅむ引っ張っているニーノの姿が目蓋の裏に浮かんだ。ぬいぐるみだったらちぎれてしまっていたかもしれない力の強さなのに、ちーは反応しない。ヒートが始まったせいで魔力が乱れているのだ。

頭がぼーっとしてまともにものが考えられない。足のつけねがむずむずする。ここに何か欲しい。

火照る躯を持て余したチェレスティーノは服の中を探り、赤い葉を取り出した。王城の庭に出た時に、暇を埋めるため読んだ本に載っていた眠りを誘う薬草の一種だと気がつきこっそり摘んでおいたものだ。本当は色々と手順を踏んで薬湯にするのだが、このままでも効き目はあると本には書いてあった。

口に含んで噛んでいると、朦朧《もうろう》としてくる。

色々な夢を見た。動かないちーに抱きついて泣いているニーノ。心配そうにチェレスティーノの眠るベッドを覗き込むメイドたち。港に船が帰ってきたことを知らせる鐘の音。それから。

「チェレスティーノ?」

アルフォンソの声が聞こえたような気がして、チェレスティーノは寝具の中、身じろいだ。

「チェレスティーノ、私だ。アルフォンソだ。ちゃんと帰ってきたから、顔を見せて」

目を開けると、被っている布が滑っていこうとしたので、取りあえず摑む。どうやら自分はアルフォンソが帰ってきたという夢を見ているらしい。

アルフォンソが連絡もくれないことを思い出したら哀しくなってしまったけれど、この夢はこれまでのものとは違った。誰かの手が躯に回されたと思ったらチェレスティーノは、あたたかくアルフォンソのにおいが立ち籠める心地いい空間から陽の光の下に引きずり出されてしまったのだ。

「え……？」

眩しくて堪らなかったけれど薄く目を開けると、躯の上に積み上げられていた服が崩れていた。どれもアルフォンソのものだ。チェレスティーノがアルフォンソのにおいを求めて手当たり次第に集めてきたのだ。

やだ……これではアルフォンソのにおいを感じられない。直さないと。

手を伸ばそうとしたらこめかみにやわらかいものが押し当てられ、ふっとにおいが強くなった。

「ああ、チェレスティーノ。巣を作って待っていてくれたんだね」

「巣……？」

このやわらかなものは唇ではなかろうか。チェレスティーノは服の山の中に戻ろうと踠くのをやめ、起き上がった。耳のラインで切り揃えられて艶やかな黒髪はぼさぼさ、顔もむくんでいるみたいだ。

「そうだよ。オメガにはつがいのにおいの残る服を集めて巣を作る習性があるんだ。知らなかった？」

「つがいのにおいの……服……？」

チェレスティーノの頭の上に載っていたシャツが滑り落ちてぱさりと小さな音を立てた。夢にしては随分と感覚が鮮やかだ。ぼーっとしていたらまた頬にキスされ、チェレスティーノはようやく気がついた。これは夢なんかじゃなく現実なのだと。

「あ……」

目の奥が熱くなり、視界が滲む。頬を伝い落ちたのは涙だろうか？　どうして自分は泣いているんだろう？

「チェレスティーノ？」

アルフォンソが差し伸べてくれた手に、チェレスティーノは溺《おぼ》れる者のように縋りついた。

「もしかして、私が帰ってきたことが泣くほど嬉しかったのか？」

冗談めかした言葉にチェレスティーノは初めて気がつく。そうか。僕、嬉しかったんだ……。

こくこく頷くと、アルフォンソは一瞬固まったものの、背を抱き返してくれた。

「ヒートのおかげかな。今日はやけに素直だね」

「うるさい、です。どうして全然手紙をくれなかったんですか……っ、心配、するじゃないですか。何かあったんじゃないかって……っ」

薬草なんか噛んだせいだろうか、呂律が回らない。泣きながら怒るさまは我ながら幼な子のようだ。アルフォンソもそう思ったのか、ぽんぽんと背中を叩いてくれる。

「そうだね。ごめんね」

「ごめんねじゃないっ。せつ、めい！」

眉尻が困ったように下げられた。

「手紙を出したら兄上に君がどこにいるのかわかってしまうかもしれないからサヴェッリからは出せなかったんだよ。船に乗ったら出すつもりだったけれど、船長の嫌がらせで魔法具を使わせてもらえなくて」

魔法人形を作れば手紙を送れる。でも、目的地に送り届けるためには正確な位置情報が必要だ。それを計測する魔法具をアルフォンソは使わせてもらえなかったらしい。つまり、音信不通は船長のせいだったのだ。

「でも、ラウルに手紙を出したら、殿下は随分遅くまでサヴェッリにいたって。僕のヒートに間に合うように帰ってくる気、あったんですか⁉」

「あったよ。この季節はサヴェッツリからイヴァナに向かって強い風が吹くからね。いつもより早く着けるんだ。現に私は間に合っただろう？」

チェレスティーノは唇を引き結んだ。何、それ。じゃあ自分は、無駄に気を揉んでいたってこと？

「う……っ、うう――――っ」

かーっと全身が熱くなり、チェレスティーノはアルフォンソの胸に顔を埋めた。

「ごめんごめん、船長などさっさと排除して連絡すればよかったね」

アルフォンソが髪にキスをしてくれる。額にも、頬にもだ。

唇にもして欲しくて顔を上げたチェレスティーノは顔を顰めた。自分がこんなに苦しい思いをしていたというのに、アルフォンソは笑っていたからだ。

「何がおかしいいん、ですか」

つんけんと突っかかるが、アルフォンソは申し訳なさそうな顔一つしない。

「不在の間、チェレスティーノが私のことを考えていてくれたんだと思うと、嬉しくて」

かっとなったチェレスティーノは声を張り上げる。

「考えてなんかいませんっ、殿下なんて……殿下、なんて……っ」

腰を引き寄せられ、唇が吸われた。

「私なんて？」

大嫌いだと言いかけ、チェレスティーノは唇を噛んだ。思い出してしまったのだ。そうやって天《あま》の邪鬼《じやく》なことばかり言ったままサヴェッツリに帰して後悔していたということを。

「殿下……なんて……」

言うべきことはわかっているのにやっぱり言えなくて、きっとアルフォンソを睨みつけたチェレスティーノは尻を浮かせた。

『好き』という言葉の代わりに唇をアルフォンソの唇に押し当てる。

キスなんてまともにしたことがないからどうするのかわからなかったけれど、舌を挿れるのだということは知っていたからやってみると、いきなり後頭部に手が当てられて引き寄せられた。

「んっ、んう……？」

唇がこれ以上できないくらい深く重ね合わされ、アルフォンソの舌が挿し入れられる。ねろりと口の中を舐め上げられ、チェレスティーノはぶるっと震えた。

何だかふわふわして、……怖い。

でも、後頭部を押さえられてしまっているから逃げようがなくて、口の中でアルフォンソの舌が別の生き物のように蠢《うごめ》くのを感じていることしかできない。

「んっ、ん、んん……っ」

上顎の裏のでこぼこしたところやすっかり縮こまってしまった舌を舐め回されるたびに雄をくわえ込む器官に血が巡ってゆく気がした。

うなじもずくずく疼いている。欲しいのだ、アルフォンソの歯が。

でも、欲しいと声に出して言う必要はなかった。唇がもぎ離された次の瞬間には、背中がベッドに押しつけられていたからだ。寝間着の裾がたくし上げられ、白い太腿が露わになる。下着が引き下ろされると、チェレスティーノは寝間着の裾を引っ張った。こんなところ、他人に見せる場所じゃない。

隠すのは当然だと思うのに、チェレスティーノの仕草を見たアルフォンソの唇が弧を描く。ベッドに膝立ちになったアルフォンソは服を脱ぐ手間も惜しみ前だけくつろげるとチェレスティーノにのし掛かってきた。片膝を担ぎ上げられ、秘部を見せつけるような格好を取らされたチェレスティーノは枕に顔を埋める。

アルフォンソに見られていると思うと、そこはますます熱を増した。おまけにじゅく、と愛液が溢れてくる感覚まであって。

「あ……っ」

太腿の内側、特に敏感な場所にキスされ、チェレスティーノはひくんと腰を震わせる。

「チェレスティーノは、こんなところまで可愛いんだな。ここの色も淡くて、今にも綻びようとする花の蕾《つぼみ》のようだ」

チェレスティーノは羞恥《しゅうち》に唇を噛み締める。

「そんなとこ、見ないで、ください……」

「恥ずかしい？」

「あ、たりまえで——ひゃっ」

半勃《はんだ》ちになった性器にくちづけられ、チェレスティーノは焦った。

「殿下っ、王子ともあろう者が、何て、ところに……ッ」

「王子なんかじゃない。君と今ここでこうしている私はただのアルフォンソ、君に恋い焦がれているアルファだよ」

そう言うと、アルフォンソはちろりと性器の後ろ、蕾との間に舌を這わせる。反射的に足を閉じようとしたけれど、非力なオメガに発情したアルファを退かせられるわけがない。為《な》す術《すべ》なく、ねろねろと秘すべき場所を舐め回されてしまう。

「ひ……や……っ」

「気持ちいいのかな、ここがひくひくし始めた。それにこれは……チェレスティーノの蜜？」

熱く濡れた舌で蕾に滲む愛液を舐め取られてしまい、脳が沸騰しそうになった。それだけでは飽き足らないアルフォンソが尖らせた舌で蕾をこじ開けようとし始める。

「あ……っあ……っ」

「力を抜いて……ほら、これでどうかな……？」

犯されたくて疼いている場所への淫らな愛撫に加えて、小ぶりの屹立《きつりつ》まで手で扱かれ、チェレスティーノは身悶えた。

「あ……っ、やだ、や……っ、あ、ああ……っ」

ぐねぐねと動く舌が少しずつ奥へと入ってくる感覚に、本当ならひれ伏さねばならない尊い人にとんでもないことをさせているという背徳感が煽られる。きゅっと締めて閉め出さないとと思うのに、前も後ろも気持ちよくて躯に力が入らない。おまけに。

「ふふ、チェレスティーノ。そんなに腰をくねらせたら、舌を挿れていられないよ」

「だ、だって……だって……」

凄い淫乱みたいで厭なのに、腰の動きを止められない。

「でんか、が……っ、殿下が変なとこ、触るから……っ」

「ここのこと？　それとも、こっち？」

舌の代わりに指を突き入れられ、チェレスティーノは戦慄《わなな》いた。

「んんっ、そこ、や……っ」

アルフォンソはすっかり感じ入ってしまい首を振る己のオメガを見下ろしてほくそ笑む。

「やだやだって、幼な子みたいだよ？　チェレスティーノはちーになってしまったのかな？」

指がゆるゆるとそこを撫でる。中でじゅわっと愛液が溢れたのと同時に、瑞々《みずみず》しい若茎の先からも蜜が滴った。

「ちー、見て。濡れてる」

「や……みちゃ、だめ……だめ……」

お漏らしをしてしまったみたいだ。チェレスティーノは目に涙を浮かべ、寝間着の裾を引っ張った。

蜜を拭き取りたかったのだ。

でも、アルフォンソに両手首を一纏めに掴まれ、止められてしまう。

「拭かないで。ちーの恥ずかしいところ、もっと見せて」

指が増やされ、熱く濡れた蜜道を弄られる。くぷっとまた先端に蜜の粒が膨らんだ。幹をゆっくりと伝い落ちてゆくのを感じる。

「あ……あ……っ」

お尻の中が熱い。

チェレスティーノはぐすんと鼻を鳴らした。アルフォンソに煽られれば煽られるだけ、躯が目覚めてゆくようだった。恥ずかしくて堪らないのにアルフォンソをもっと感じたくて、指を誘い込むように腰を揺らしてしまう。

恥ずかしい……でも、気持ちよくて、止まらない……！

「君のこんな姿を見られるなんて、夢みたいだ……」

もう一本指を増やされ、チェレスティーノは眉根を寄せた。これじゃ足りない、もっと凄いのが欲しいと、すっかり熟れた肉筒が勝手にアルフォンソの指を締めつける。

「んっ、でんか……」

でも、欲しいと言葉にすることができなくて、チェレスティーノはアルフォンソを見つめた。

「ん？　何だい？　物欲しそうな顔をして」

「うう、殿下ぁ……」

「言って？　どうして欲しいの？」

チェレスティーノは唇を噛んだ。

言えばいいのはたった一言。でも、その一言を口にするのが途方もなく難しい。口にすることを考えただけで全身が熱くなる。いつもの自分だったら絶対に口にできなかっただろうけれど。

ヒートの熱に手伝われ、チェレスティーノは勇気を振り絞ることができた。

「でんかの、ほし……」

涙目でそう告げたら、アルフォンソの喉が鳴った。

中を慣らしていた指が引き抜かれる。それからアルフォンソはものも言わずのし掛かってきた。肩に担ぎ上げられたまま、大きく広げられた足の間、すっかり濡れそぼりやわらかく綻んだ場所に性器がねじ込まれる。

「――――あ」

熱く脈打つモノを躯の信じられないほど深い場所に感じた。

アルフォンソがいる。僕の中に。

――自分はアルファだと思い込んでいた頃、チェレスティーノは他人なんてどうでもいいと思っていた。

いつか妻を迎えることになるだろうけれど、それは公爵家当主としての義務であり、心なんか関係ない。愛だの恋だのといったものは小説やお芝居の中にしかない絵空事だけどそれではつまらないから、ご令嬢たちは貴公子たちに恋しているかのように振る舞い、子をなすための行為に色を添えているのだと。

でも、自分がオメガであることが判明したら、何もかもが反転した。心も躯も一人では足ることができない。でも、それはオメガが弱い生き物だからなんかじゃない。傲慢《ごうまん》なアルファであった自分には気づけなかっただけだ。人は皆、不完全な存在なのだと。足りない部分を埋めてくれる誰かがいなければ、本当の幸せを知ることはできないのだと。

「でんか……すき、です……っ」

そう思ったら、あんなに言えなかった言葉がするり、唇からまろび出た。

美しい金眼が見開かれる。

「あ……っ、うそ、なん、で、おっきく……っ」

「チェレスティーノが悪い」

腰を摑まれ、引き寄せられる。完全に尻が浮いてしまい、チェレスティーノは慌てた。

「殿下、待……っ」

「待てるわけないだろう？　ずっと恋慕していた人にようやく好きだと言ってもらえたんだ。――私も好きだよ、チェレスティーノ。愛している」

まっすぐな言葉に、胸を打たれる。嬉しい。でも。

チェレスティーノはそろそろと膝を折った。頭と肩しかシーツについていない不安定な体勢のせいで頭に血が上る。アルファだからだろうか、アルフォンソはチェレスティーノの重みなど気にも掛けていないようだけれど。

信じられないくらい膨張したアルフォンソにこじ開けられている一番奥はすごく敏感で、熱く脈打っている先端が押しつけられているだけでもじわじわとクるものがあるのに。

密着したままの腰を揺すられ、チェレスティーノは身悶えした。

「やあ……っ」

奥をずくずくされると堪らないものがあった。いくら躯がやわらかいとはいえ、反り返った不安定な体勢が怖いのに、感じるのを止められない。少しでも躯を安定させようと、足でアルフォンソの腰を挟もうとしたら動いたせいで当たる角度が変わった。

ここも、いい。

チェレスティーノは叫ぼうとするように口を開き、舌先を震わせた。

段々とアルフォンソの腰の動きが大きくなってゆく。奥を突かれるたび、甘い快感がうなじまで響き、チェレスティーノは拳で口元を覆った。

「ん、ん。ふ……う……っ！」

「声、出していいのに」

くすくす笑うと、アルフォンソは一旦、チェレスティーノの中から性器を抜いた。ほっとしていると、胡座《あぐら》を掻いたアルフォンソの上に、後ろ向きに座らされる。

「ん……っ」

もちろん尻にはずっぷりとアルフォンソのモノをくわえ込まされた。また腰を摑まれ、ゆっくりと、でも容赦なく根元まで挿れられる。

「ずっとチェレスティーノの顔を見ていたかったけれど、ここにキスできないからね」

うなじにちゅっとくちづけられ、チェレスティーノは総毛立った。

「ひゃ……っ」

「ここも感じるのかな？」

アルフォンソが腰を揺すり始める。

深い。

特に下から突き上げられる瞬間、逞しいモノに最奥を抉られ、チェレスティーノは仰け反った。

「……っあ、だめ、だめ……っ」

「ふふ、チェレスティーノの中、きゅんきゅんしている」

後ろから伸びてきた手が左右の胸の粒を摘まみ、こね始める。

「でん、か……っ、ほんとに、だめ、ほんとにこれ……、すぐ、イ……っ」

頭の中が、真っ白になる。気がつけばチェレスティーノは、アルフォンソの肩口に後頭部を押しつけ、白蜜を放っていた。凄まじい喜悦に脳天まで刺し貫かれ、声も出ない。でも、アルフォンソは腰の動きを止めてくれない。

「でん、かあ……っ」

達したばかりで敏感な躯に暴力的なまでの快感を叩き込まれ、チェレスティーノの目からとうとうぽろりと涙が零れる。

「こんなに蜜を飛ばして……。チェレスティーノのイく顔、見たかったよ」

「おねがい、です。ちょっと、待、や、や、ひん……っ」

きゅうっと胸の先を捻られ、チェレスティーノは身悶えた。おまけにうなじにくちづけられ、達《い》ったばかりの屹立がびくびくと反応してしまう。

「だめ……だめえ……っ」

「気持ちいいねえ、チェレスティーノ？」

少しでも快楽を逃そうと、チェレスティーノは身を捩った。でも、チェレスティーノの腰は意図とは逆に更に深い悦を得ようとアルフォンソを搾り上げる。

「ほらここ、こりこりしてきた」

硬く凝り、感度の上がった乳首に爪を立てられ、チェレスティーノのなけなしの理性が崩壊した。

「ん……っ、でんか、や。そこ、じんじんする……っ」

「じんじんする、か。可愛いな。こっちはどんな感じがするのか、教えてくれるかい？」

「あ、や……っ、でんかの、あつい、です……。ずくずくされると、おしりのなか、きもちい……」

ぐらり、と躯が傾ぎ、チェレスティーノは敷布の上に手を突いた。前のめりになったチェレスティーノを追うように、アルフォンソも背中を丸める。

「ここは？」

うなじにくちづけられ、チェレスティーノはぶるっと震えた。

「噛ん、で……っ」

「うん？」

「そこ、噛んで……っ、お願い、殿下。僕を殿下のつがいにして……っ」

振り返ってねだると、嬉しそうに金眼が細められる。

「本当にそんなことしてしまっていいのかい？」

からかうようにうなじを甘噛みされ、チェレスティーノはきゅううと肉筒を収縮させた。片手を無理矢理後ろに回して、アルフォンソを引き寄せようとする。

「も、やです。焦らさないで、殿下……っ」

一瞬呼吸を止めると、アルフォンソはずぷんと性器を抜いた。

「ん……っ」

へたりと座り込んだチェレスティーノの腰を掴んで持ち上げ、後ろから一息に貫く。獣のような体勢で息をつく間もないほど激しく責め立てられたチェレスティーノは頭がおかしくなりそうな快感に泣きじゃくった。

「でんか、でんか……っ、すき……っ。すき、です。だから、お願い……っ、噛んで……、噛んで、くださ……！」

腰に指が食い込む。アルフォンソは強くチェレスティーノの腰を引き寄せると、一番奥へと己を突き入れた。いい場所を突かれたチェレスティーノの肘が崩れ、尻だけを突き出すような格好になる。同じような体格だったら届かなかったかもしれないけれど、チェレスティーノは小柄で、アルフォンソは長躯だ。ぶるっと躯を震わせ、チェレスティーノの中に精を放つと同時に、アルフォンソは上半身を倒し、チェレスティーノのうなじに歯を立てた。

「……っ」

全身を貫く凄まじい法悦にチェレスティーノが息を詰める。

飢えていた心と躯が初めて満たされたような気がした。

勘違いだろうが何だろうが構うものかとチェレスティーノは思う。この人が僕の運命のつがいだ。

＋　＋　＋

三日後の朝、目覚めたチェレスティーノは花のようなかんばせには似つかわしくない唸り声を上げた。

腰が痛い。

お尻も痛いしうなじも痛いし、股関節も——とにかく躯中が痛い。

俯せていた躯を転がして上掛けを持ち上げてみて——チェレスティーノは上掛けを取り落とした。

何だこの鬱血《うっけつ》の痕は。伝染病か何かか。

「ああ、勝手に傍を離れてすまない。淋しかったか?」

「は?」

姿が見えないくらいで淋しいわけがないでしょう子供じゃあるまいしと言いかけ、チェレスティーノは固まった。思い出してしまったのだ。ヒート中自分が、トイレに行こうとするアルフォンソに毎回取り縋り、どこにも行っちゃやだここにいてと我が儘を言ったことを。

チェレスティーノは黙って上掛けを頭の天辺まで引き上げ、蹲った。

うなじを噛まれるまでちゃんと会話が成り立っていたのは、薬草を噛んでいたおかげだったらしい。

薬効が消えるとチェレスティーノは快楽を貪《むさぼ》ることしか考えられなくなってしまったのだ。

――でんか……まだ足りないです……。も、いっかい……ください……ねえ、もいっかい……いま、すぐぅ……。

――大丈夫、あげるから、落ち着いて。ちょっとだけあの扉のところまで行かせてくれないか？　こんなに汗をかいているんだ、水分を取らないと。

――おみずなんか、いらない。でんかがほしい……でんかをちょーだい……。ちょうだいってゆってんのに、どうしてくれないいんですか、でんかあ……。

――あっこら、ちー。

あの時は確か、アルフォンソを押し倒して自分から跨がったような気がする。

「ちー？　気分でも悪いのか？」

「やっ」

上掛けの端を持ち上げられ、チェレスティーノは縮こまった。顔どころか全身が熱い。

泣きそうになっているチェレスティーノの顔を見たアルフォンソがくすりと笑う。

「ヒートは完全に終わったようだね。果実水をもらってきたから起きて、ちー。三日も頑張ったんだから、栄養を取らないと」

死ぬまでベッドに籠もっていたい気分だったけれど、チェレスティーノはのろのろ起き上がった。

確かに喉はからからだしお腹もぺこぺこだ。

ぎしぎし軋む躯をようやく縦にし、ところどころガビガビしている寝間着の裾を引っ張っていたら、アルフォンソがベッドに腰掛けた。

何だろうと顔を上げるとキスされる。

「可愛かったよ、ちー」

チェレスティーノは思いきり顔を顰めた。

「ちーって呼ぶの、やめてください」

「人に聞かれると恥ずかしいのなら二人きりの時だけにするか？」

「そうじゃなくて、それは猫耳の魔法人形の呼び名だから」

「途中から『ちーにキスして』とか『ちー、でんかのコレ、すき』とか言っていたから、気に入っているのかと思っていたんだが」

「あれは間違ってしまったんですっ、ちーの中に入っている時は、舌が回らなかったから……」

使い分けを間違ってしまっただけだと主張するチェレスティーノは忘れていた。アルフォンソがちーを単に高性能な猫耳のついた魔法人形だと思っていることを。

「ちーの中に入っている時？　子猫ちゃんは自立式でなく、チェレスティーノが操作していたのか？

子猫ちゃんが知っていることはチェレスティーノも知っている……？」

しまったと思ったけれどもう遅い。チェレスティーノは開き直った。

「ええ。事あるごとに僕の魔法人形のお腹に顔を埋めてにおいを吸っていたのも、夜になったら添い寝していたのも知ってます」

アルフォンソが片手で顔を覆った。

「言い訳させてくれ。ちーは君と同じにおいがするんだ。アルファは基本的にオメガのフェロモンに弱いけれど、運命のつがいのにおいは抗いようがないくらい魅力的で」

「本当はちっちゃい子のにおいを嗅ぐのが趣味なんじゃ」

「子猫ちゃん以外のにおいを嗅いだことはないから。オメガの誘惑にも屈したことなどなかったから、君としてしまった後、私もヒートのオメガの前では獣になってしまうのかと落ち込んだけれど、あれも君だったと知って確信したよ。やっぱりチェレスティーノが私の運命だったんだって」

アルフォンソに運命だと言われるたび、ほっとする。どんな自分でも運命なのだから傍にいていいのだと言われているような気がして。

「そうだ、忘れるところだった。ブリジッタ・カロル公爵令嬢から、メッセージを預かってきたんだ」

幸せを噛み締めていると、アルフォンソに可愛らしい便せんを差し出された。

「ブリジッタ・カロル公爵令嬢……？　え？　もしかして、僕がここにいるとわかったのは、ブリジッタ嬢のせいなんですか？　というか、殿下、どうしてあんな小さな公爵令嬢と文通を？」

「ブリジッタ嬢ではなく、カロル公爵とやりとりがあったんだ。実はブリジッタ嬢は兄上と婚約を結ばされそうになっていてね。カロル公爵――いや元公爵か――は、孫を守るため、爵位を息子に譲って世界旅行に出たんだ。事前に話が漏れたらあの手この手で引き留められるから、私が隠蔽工作を手伝って、出航に成功した。だから国を移動するたびにカロル元公爵から手紙が来ていたんだが、半年ほど前に来た手紙で、今度の航海では猫耳の魔法人形が同乗していないからブリジッタ嬢が退屈して困るって愚痴が記されていてね」

「あー……」

チェレスティーノはぽすんとベッドに倒れた。そうだ。猫耳のついた魔法人形など他にいない。チェレスティーノはまず魔法人形の姿形を変えなければならなかったのだ！

「どの航海で子猫ちゃんに出会ったのか教えてもらおうと手紙を出しても旅立った後だったりして、聞き出すのが大変だったよ。さあ、果実水を飲んで、ちー。湯浴みをして、ニーノに会いに行こう」

チェレスティーノは後でゆっくり読むことにしてブリジッタ嬢の手紙をしまうと、グラスを受け取った。そうだ、いつまでもニーノを放ってはおけない。

荒淫に疲弊した躯を清め、身なりを整えて自分の部屋に戻る。ちょうどミルクをもらっていたニーノはチェレスティーノを見るなり哺乳瓶を押し退けた。必死の形相で這ってくる我が子は何て可愛いのだろう。

「ごめんね、ニーノ。淋しかった？」

抱き上げて丸い敷物の上に腰を下ろす。メイドが差し出した哺乳瓶は受け取るより先にアルフォンソに横取りされてしまった。

「チェレスティーノ、私にさせてくれないか」

しゃがみ込み両手を差し出したアルフォンソの顔をチェレスティーノはまじまじと見返す。

「できると思いますか？」

海老反りになって厭がられるさまが容易に想像できた。でも、アルフォンソは姑息だった。

「今ならお腹が空いているから、成功する可能性は高いんじゃないか。いいだろう？　サヴェッリに帰るまでに、誰から見ても父子に見えるようにしておきたいんだ」

「そういえば、オズヴァルド殿下とは話し合えたんですか？」

チェレスティーノはさりげなく合図してメイドに席を外させた。サヴェッリ王家の内情である。他国人の耳があるところでみだりに話すわけにはいかない。

「兄上は軍を率いて辺境に赴くことになった。東方にきなくさい動きがあるから辺境伯とその対処に当たってもらう。兄上ならきっと持て余していた攻撃性を生かして成果を上げてくれることだろう」

「では、王太子の座は――」

「私のものだな。発表と同時に結婚式も挙げるぞ。ニーノ、君のお披露目もだ」

アルフォンソに抱き取られたニーノはだらんと垂らしていた手足を縮こまらせた。不安そうにチェレスティーノを振り返ったものの泣きだす様子はなく、哺乳瓶を差し出されるとあーと口を開く。

「陛下が殿下を後継者に選ばれたのですか？」

「そうだ。――私は帰国してまずシアーノ公爵の元へと赴き、結婚の承諾を得ると同時に兄上の派閥から抜けて私の下にくだると誓わせた。公爵は喜んで協力してくれたよ。君とニーノに早く会いたいと言っていたから、帰ったら顔を見せに行こう」

では、父公爵は本当に自分に愛情を抱いていたのだろうか。

んっくんっくとミルクを飲んでいるニーノを眺めつつ、チェレスティーノは不思議な感慨を嚙み締める。ずっと嫌われていると思っていたから簡単に信じるなんてことはできないけれど、もし本当にニーノを見て喜んでくれるなら。

「それから父王に謁見を求め、すべてを打ち明けた。チェレスティーノがオメガだったことも、既に私との間に子がいることもだ。チェレスティーノ以外を正妃に迎える気はない、もし駄目だと言うなら王位継承権を放棄するということもはっきり宣言した。前例のないことだし、貴族たちの風当たりも強いだろうけれど、兄上の最大の支持基盤だったシアーノ公爵が寝返っているのだから勝算は充分あると思っていたんだが、そんな計算などする必要もなかった」

ニーノがミルクを全部飲むと、アルフォンソは飲み口を抜き出し、滑らかな額にキスした。長い金茶の髪をニーノがどこか生真面目な表情で握り締める。イヴァナの民は皆、黒髪だから、やわらかな色味の髪が珍しいのだろう。

「どうしてですか」

「父王も運命のつがいを得ていたからだよ。そして一番に愛していても日陰の身であることを強いなければならないこの国の風習を何とかしたいと思っていた。今から父王が王妃や子を打ち捨ててオメガを正妃に召し上げるのは難しいけれど、私なら可能だし、私という前例ができれば父上も唯一のつがいに目を掛けてやりやすくなるだろう？」

チェレスティーノはそれまでの常識がひっくり返ってしまうほどの衝撃を受けた。

かつて夜会で見た王はアルフォンソによく似た美丈夫で、どこか超然とした空気を漂わせていた。愛とか恋といった甘い感情とは無縁のように見えたのに、あの人も運命のつがいを得て、愛したいと思っていたなんて。

もしかしたら今までもそうだったのかもしれない。他にも運命のつがいを得た人はいて、でもこの国では正式に伴侶として迎えることはできないから、飼い主と子を産むための道具という関係に甘んじて、悔しい思いをしていたのかも。

「父上にはサヴェッリを変えてみせろと言われている。だからね、チェレスティーノ、私はこの手でこの国を、『オメガにとって地獄だ』なんて言われない場所にするよ」

チェレスティーノはふるっと震えた。サヴェッリという国が変わろうとしていた。

オメガを見下すことに慣れている貴族たちの抵抗は大きいだろう。でも、魔法学に秀でた自分は、オメガは劣等種族であるという偏見を覆す証左になれる。公爵家嫡男としての教育だって受けたから、アルフォンソの力になることもできるかもしれない。

この国が変わったら、母や他のオメガたちが幸せになる道も開けるのだろうか。先のことはわからないけれど。

ニーノはミルクを飲み終わっても、アルフォンソの膝の上から逃げようとしなかった。くああと大きな欠伸をして、こっくりこっくり舟を漕ぎだす。

この子がアルファなのかオメガなのか、はたまたベータなのか知る術はまだないけれど、大人になる頃にはどれであっても光射す未来を歩める国にできたらいい。

そう心の中で呟くと、チェレスティーノは身を屈めて餅のような頬にキスをした。

エピローグ

ごきげんよう、ちー。ブリジッタはいま、せかいをたびしています。ちーがいないと、どこもイマイチだけど、アズグワ王国はちょっとおもしろかった。

ちー、しってた？　祝宴の夜って、大昔、いじわるな人たちにさらわれた『運命のつがい』を、アルファの魔法使いがいたずら妖精や魔物の仮装をさせて放ったたくさんの魔法人形にまぎれて救い出したっていうイツワからはじまったんですって！　イツワにあやかってアズグワの運命のつがいたちは、祝宴の夜に結婚式をするの。オメガって初めて見たけど、すっごくキレイね！　式におよばれした人たちがみんな魔物の仮装をしているの、変な感じ！

お祖父さまの話では、王立学園になっているヴァレン公爵邸を建てたヴァレン公爵さまが王さまとケンカしたのって、運命のつがいとけっこんしたくて、王女さまのコウカを断ったのがキッカケだったんだって。このころには魔物の仮装をした魔法人形を作るのが流行して、ヴァレン公爵も魔物の仮装をした幼な子のような大きさの魔法人形をシエキしていたってきいて、ブリジッタ、ちーを思い出しちゃった。ねえ、ちー。来年の祝宴の夜には、いっしょに――。

「チェレスティーノ。またその手紙を見ていたのか」

桃色の便せんから顔を上げると、長い髪を一つに纏め正装したアルフォンソがいた。

「だって、可愛くて。僕たちが今日結婚式を挙げると決めたきっかけでもありますし。僕、思ったんですけど、僕たちを寮の地下室へ導いてくれた子はヴァレン公爵の魔法人形だったんじゃないでしょうか」

「夢のある話だが、どうだろう」

今宵は祝宴の夜だ。

半年に満たない婚約期間にはオズヴァルドが辺境で反旗を翻したり、アルフォンソとの結婚を望んでいたご令嬢方に喧嘩を売られたりと色んなことがあった。すべてがうまくいったわけではないけれど、今夜、チェレスティーノはアルフォンソと結婚式を挙げる。

「日が暮れてから式を挙げるというのもいいな。花火が綺麗に見える」

「僕はニーノがおねむにならないか、心配です」

揃いの衣装を着せてもらったニーノはアルフォンソの腕の中で魔法人形《ちー》をだっこしている。もうアルフォンソを嫌がることはない。

アルフォンソと色違いの衣装を身につけたチェレスティーノは短いフェザーマントを羽織っていた。肩を冷やさないためだ。既にお腹に第二子がいるのだ。

「陛下、そろそろお時間です」

神官がそう告げると、アルフォンソはニーノを片腕に抱き直した。空いた片手をチェレスティーノに差し出す。その手を取ると、チェレスティーノは踏み出した。サヴェッリのすべての運命のつがいの希望を背に負って。

CROSS NOVELS をお買い上げいただきありがとうございます。
この本を読んだご意見・ご感想をお寄せください。

〒110-8625 東京都台東区東上野 2-8-7　笠倉出版社
CROSS NOVELS 編集部
「成瀬かの先生」係／「八千代ハル先生」係

CROSS NOVELS

王子さまの子を孕んでしまったので、嫌われ者公子は逃げることにしました

著者
成瀬かの

2023 年 8 月 23 日　初版発行　検印廃止

発行者　笠倉伸夫
発行所　株式会社　笠倉出版社
〒110-8625　東京都台東区東上野 2-8-7　笠倉ビル
[営業] TEL　0120-984-164
FAX 03-4355-1109
[編集] TEL　03-4355-1103
FAX 03-5846-3493
https://www.kasakura.co.jp/
振替口座　00130-9-75686
印刷　株式会社　光邦
装丁　コガモデザイン
ISBN 978-4-7730-6378-3
Printed in Japan